落語ねこ

赤羽じゅんこ 作
大島妙子 絵

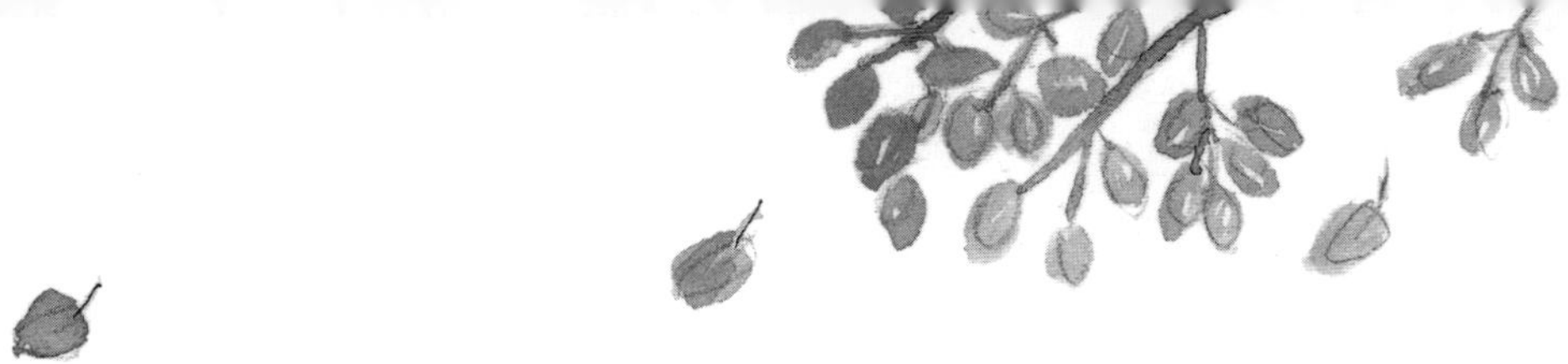

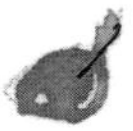

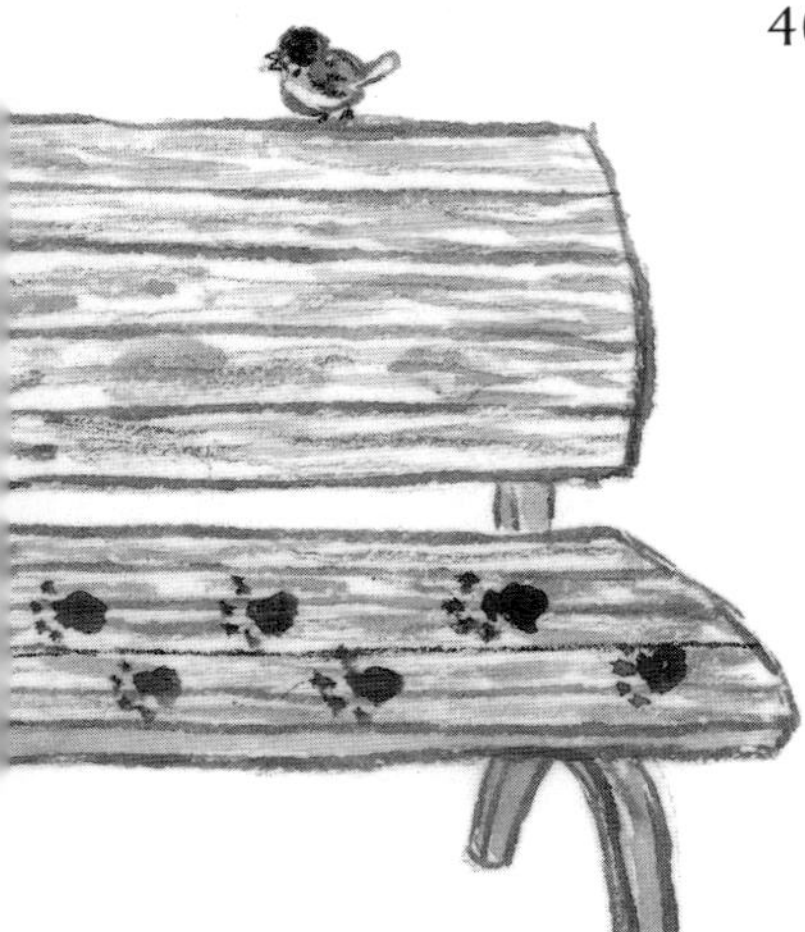

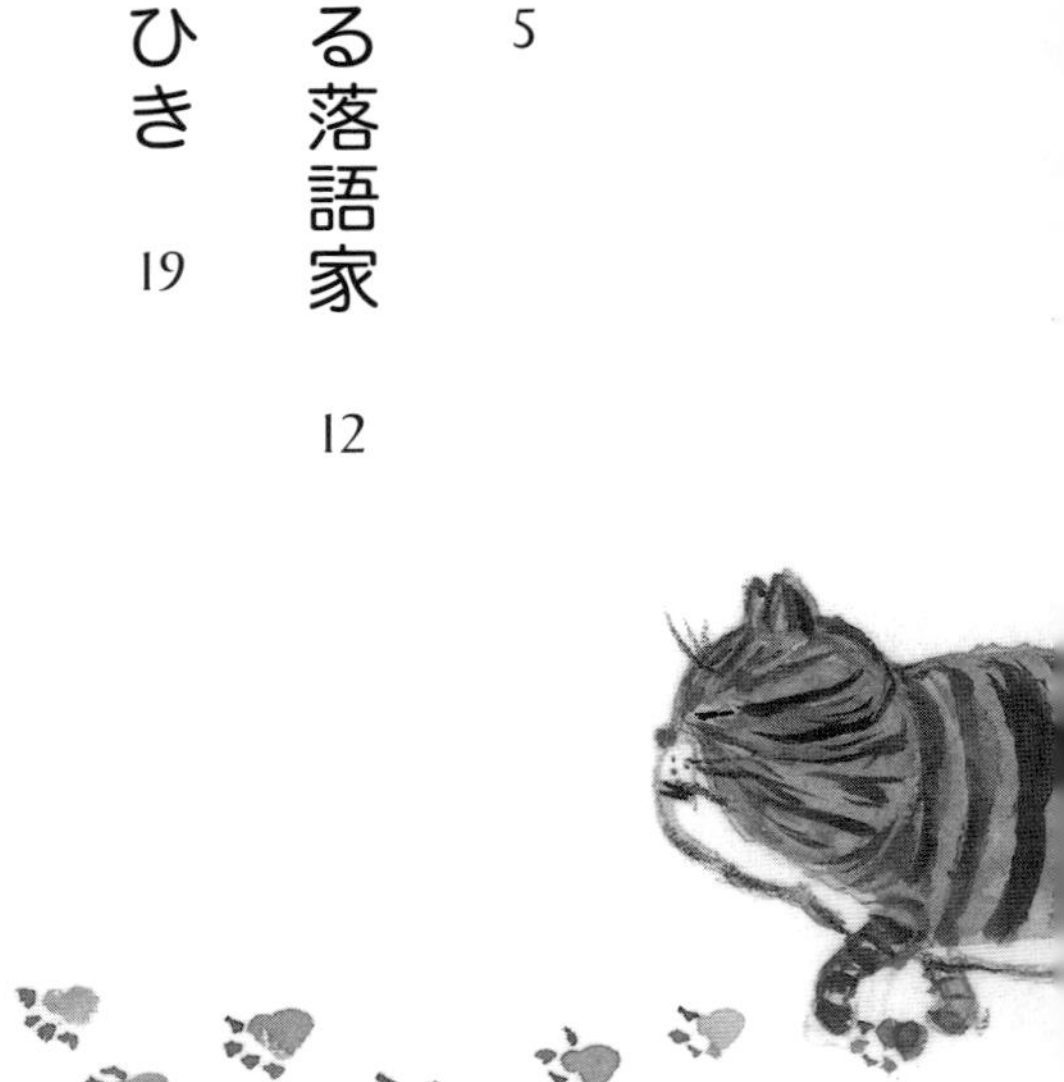

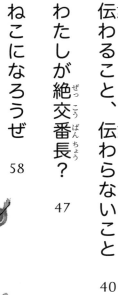

装幀　村口敬太

1 七海《ななみ》、デブねこをあずかる

小西七海《こにしななみ》は、ねこの入ったキャリーバッグを持ち、ふうふういいながら歩いていました。七月七日たなばたの日。日かげをえらんで歩いても、あせがだらだらながれます。

バッグの中のねこは、クマハチという名前。一年くらい前、ひとりぐらしの茂雄《しげお》おじいちゃんがひろってきて、飼《か》ったねこです。

来週から、おじいちゃんが入院することになったので、しばらく七海《ななみ》の家であずかることになりました。

七海《ななみ》は、生き物はねこでも犬でも大好《だいす》き。

だからあずかることができると聞いて、よろこんでとんできました。

「うんしょ。おもいな。クマハチ、食べすぎだぞ。うちでは、ダイエットだからね」

だって、首がないかと思うほどふとっていて、二重あごならぬ、三重あごくらいのしわがよってるデブねこ。とてもハンサムとはいえないのですが、おじいちゃんは、この顔を見ているとほっと落ちつくと、とてもかわいがっていました。

そして、おじいちゃんは、みょうなこともいいました。

「こいつは、落語《らくご》好《ず》きだから、よかったら、ときどき聞かせてやってくれ。それから、こいつにどんな秘密《ひみつ》があってもおどろかないようにな」

へんだと思いました。ねこが落語を聞くなんて、あるわけありません。なにいってるんだろうって、キョトンとしてしまいました。

でも、おじいちゃんの落語《らくご》好《ず》きはそうとうなもので、落語になぞらえておかしなことをいうのはいつものこと。

だいたい、ねこにクマハチなんて名前をつけたのも、落語の影響《えいきょう》。クマとかハチとかヨタロウという名前が落語の中では多く、そのクマとハチをあわせてクマハチにしたみたいです。

「はあ、ひと休みしよう」

七海《ななみ》はそよかぜ公園のベンチに、こしをおろしました。ちょうど、おじいちゃんちと、うちとの中間にある公園です。

暑いだろうと、クマハチもキャリーバッグからだして、ベンチにすわらせました。クマハチは、つかれたのかじっとしています。

目の前のブランコに、ふたりの女の子がならんでのっているのが見えました。五年生の七海《ななみ》よりも小さいから、三年生くらいでしょうか？　顔をよせて笑《わら》いあうすがたは、とてもなかがよさそう。

「いいな。親友かな」

七海《ななみ》は、体をちぢめるようにして深いため息をつくと、ポケットからごそごそと花柄《はながら》もようの封筒《ふうとう》をだしました。

「やはり、ここですてよう」

これを持ってると、ずっとこの手紙のことを考えてしまいます。

読めないように、細かくちぎってしまおうと、封筒《ふうとう》を持つ指に力をこめた、そのときです。

「あわわっ」

おかしな声が聞こえました。

「だ、だれ？」

七海《ななみ》は、ぎょっとして、あたりをきょろきょろ。

「おれだ。クマハチだ」

「クマハチってねこじゃない……、ってええっ、ねこ？」

七海《ななみ》は、「ぎょえっ」とさけんで、ぱっと立ちあがりました。

「もう、ギャグマンガみたいにおどろくなよ。今どき、落語家だって、それほどオーバーなしぐさはしねえよ。それからね。おれ、ダイエットはいやだからね。ふとってるのは、生まれつき。肉を三日食《く》わないと元気がでねえから、よろしくな」

「うそっ」

「まだ、信《しん》じねえのかよ。じいさんがいってただろ。クマハチには秘密《ひみつ》があるって」

「それはそうだけど……」

「じいさんは、おまえのこと、くりくりの天然《てんねん》パーマがかわいくて、度胸《どきょう》がある子だって、じまんしてたぜ」

「このくせっ毛は、目立つからいやなの。度胸《どきょう》だってない。声が大きいだけだよ。今だって、この手紙のことで、なやんで立ちなおれないのに」

七海《ななみ》は、胸《むね》に手をあてていいました。

「立ちなおれねえっていってるわりには、大きな声がでるじゃねぇか。ほれ、ねこと話してるって、気味悪がられてるぜ」

うしろをふりむくと、通りがかりのおばあさんが、七海《ななみ》を見て、目をひんむいてぎょっとしていました。

「あ、これは、その、あの……、なんでもない」

七海《ななみ》が首をふると、クマハチはあまえるようによりかかってきました。

「にゃー」

クマハチは、ねこのなき声。

「びっくりした。わたしゃ、ぼけちまったかと思ったよ。やはりねこがしゃべるわけないわよね。劇《げき》かなんかの練習かね」

おばあさんは、首《くび》をかしげながら、行ってしまいました。

「よかった。ばれなかったね」

「外で話をするのは、危険《きけん》だな。とにかく早くおまえの家に行こう。それから、手紙ってもんは、かんたんにやぶくもんじゃない」

「だって……」

七海《ななみ》はかたをすくめ、視線《しせん》を地面におとしました。

クマハチがふとった体をすりよせてきました。

「だいじょうぶ。おれが相談にのるよ。おれは、落語家だったときも、落語はいまひとつだったけれど、なやみ相談はとくいだったんだ」

「落語家？　クマハチが？」

七海《ななみ》はぽかーんと口を開け、ほほをなんどかたたいてみました。ちゃんと痛《いた》いです。夢《ゆめ》ではなさそう。

「それで、落語好《らくごず》きのおじいちゃんと気があってたのね。でも、どうして？」

「ははは。うちに行ったら、全部、話してやる。プロの落語家の身《み》の上話《うえばなし》をただで聞けるんだ。とくしたと思えよ。そんじょそこらのドラマよりも、ずっと泣《な》ける話だぞ」

クマハチは足をのばし、耳のうしろをいきおいよくかきはじめました。

2 交通事故《こうつうじこ》にあった、不運《ふうん》すぎる落語家

「つまり、おじさんは、元落語家さんで、うっかり交通事故《こうつうじこ》にあってしまい、幽霊《ゆうれい》になったってわけね？　それで、飼《か》いねこのクマハチにとりついて、今、話、しているってこと？」

「そうだよ。そのセリフ、五回目。さすがに、くりかえしすぎじゃねぇか」

「だって、だって、信《しん》じられないもん」

クマハチといっしょに家にもどった七海《ななみ》は、自分の部屋で、ねこにとりついた幽霊《ゆうれい》から話を聞いています。しかし、それが急には信《しん》じられない、奇妙《きみょう》なことなので、こんなことがあるのかと、なんども聞きかえしてしまうのです。

「じゃ、最後《さいご》にもういちどだけいうぞ。耳の穴《あな》、かっぽじってよーく聞け。おれは人間だったとき、落語家だったの。飼《か》いねこのクマハチを助けようとして、うっかり交《こう》通事故《つうじこ》にあっちまった。わすれもしねえ、去年のたなばたの日だ。おれは死んじまっ

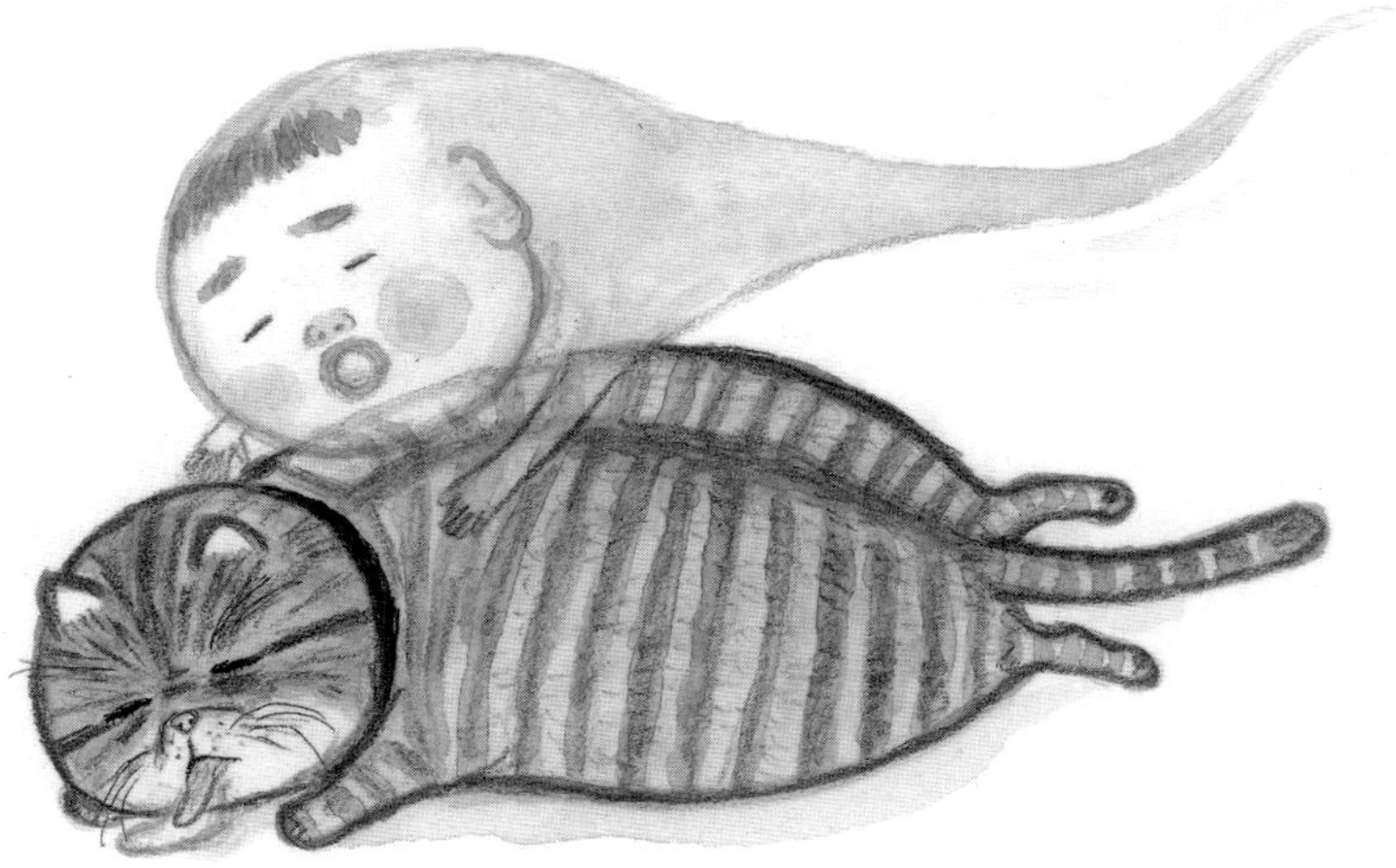

て葬式《そうしき》もあげてもらえた。けれども、なぜだか成仏《じょうぶつ》することができない。気がつくと、おれの魂《たましい》ってやつが、助けたクマハチの中に、すっぽり入りこんじまった。だから、体はこのとおり、ねこのクマハチ。話しているのはおれ、如月亭大福《きさらぎていだいふく》って、けちな落語家。どう、わかった？」

「な、なんとか……。ほんとうだとしたら、おじさん、かわいそう」

「おじさんじゃなくて、お兄さんだからね。死んじまったとき、おれ、三十五歳《さい》の男ざかりだったからね」

「えっ、三十五はおじさんだよ」

「ぐさっとくることというな。落語家の世界は年よりが多いから、若手《わかて》だったのよ。いいか。おれが幽霊《ゆうれい》だってことは、他《ほか》の大人にはぜってえ、秘密《ひみつ》だぜ。

じいさんにしか話していないんだからな。めずらしいねこだって、ワイドショーにおいかけられるのは、ごめんだからな」

「いわないよ。信《しん》じてもらえないもの」

「よーし。いい子だ。パパにもママにも、いうなよ」

七海《ななみ》がうなずくと、クマハチはベッドの上でごろんとあおむけになり、お腹《なか》をかけと七海《ななみ》に合図《あいず》します。ほんと、態度《たいど》がふてぶてしいデブねこです。

やることは、まさにねこなのに、声はおじさん。へんてこで頭がこんらんしそう。なでられて満足《まんぞく》したのか、クマハチは目を細めました。大福《だいふく》はクマハチの口をとおして幽霊《ゆうれい》になったいきさつを話しつづけます。

如月亭大福《きさらぎていだいふく》は、事故《じこ》にあった当時、二《ふた》つ目《め》でした。

二《ふた》つ目《め》といっても、ひとつ目小僧《こぞう》の親戚《しんせき》ではありません。落語家の階級。見習い、前座《ぜんざ》、二《ふた》つ目《め》、真打《しんう》ちと、わけられているのです。

「中学校、高校、大学って感じ?」

「なんかちがうけど、まあ、そう思ってくれてもいい。二《ふた》つ目《め》が落語の大学ってところかな。真打《しんう》ちだと、社会人だ」

真打《しんう》ちとなれば一人前ですが、大福《だいふく》はなかなか真打《しんう》ちになれず、（大学生が卒業《そつぎょう》できないような状態《じょうたい》）、二《ふた》つ目《め》で貧乏生活《びんぼうせいかつ》をおくっていました。

そのころ、大福《だいふく》は恋《こい》をしたというのです。

お相手は、いろは亭夏葉《ていなつは》という美人と評判《ひょうばん》の落語家。

勉強会でしりあって、相談にのったりしながらなかよくなり、恋人《こいびと》どうしになりました。

その恋人《こいびと》の夏葉《なつは》さんの誕生日《たんじょうび》が、七月一日。

念願《ねんがん》の真打《しんう》ち昇進《しょうしん》も決まって有頂天《うちょうてん》になった大福《だいふく》は、いさんで、夏葉《なつは》さんに誕生日《たんじょうび》デートをもうしこみました。プロポーズをするつもりで！

しかし、そのデートの日、ふたりはまさかの大げんか。なかなおりしようと思いながらも、おたがいに意地っぱりどうしで、うまくいきません。

気持ちがすれちがったまま、たなばたの日となりました。

その日、道路にとびだしたクマハチを助けようとして、大福《だいふく》は車にはねられてしまったというのです。

「はあ――」

七海《ななみ》はもう大福《だいふく》の不運《ふうん》さに、同情《どうじょう》するのもわすれ、あきれてしまいました。

「しゃべりがへただとか、表情《ひょうじょう》がよくないとか、さんざん怒《おこ》られて、それでもなんとかがんばって、やっと芸《げい》がみとめられ真打《しんう》ちになれた。これで一人前だから、ナツにプロポーズしようって、そのやさきに事故《じこ》にあっちまって、おれ、くやしくてくやしくて、それで成仏《じょうぶつ》できねぇんじゃないか」

「うわぁ、それはかわいそう」

七海《ななみ》はタオルを目にあてました。

「ねこのくらしは、のんびりしていいかって思ったんだよ。これがやってみると、楽じゃなかった。いじわるされて、なかなか残飯《ざんぱん》にもありつけない。わすれもしない夏の終わり。食べ物のとりあいで不良《ふりょう》ねことけんかになって、ぼろぼろになっちまったときだ。ひとりのじいさんが通りかかって、助けてくれた」

「それが茂雄《しげお》おじいちゃん」

「そう！　じいさんはおれの命の恩人《おんじん》なんだ。ぼろぼろになったおれをだきあげて、うちにこいといってくれた。おれは思わず、『ありがとう』って、さけんだね。それで、しゃべれるってわかっちまった」

「ひゃーっ。おじいちゃん、おどろいたでしょ?」

「こしをぬかしそうになっていた。けどね。落ちついたらおもしろがって、おれの話す落語がおもしろいと、毎晩《まいばん》、聞いてくれた。おまえはどんな名人にもない味があるといってくれてな。おれ、落語家のときよりも落語を演《えん》じるのが楽しくなったくらいだ。だから、じいさんには、かえしきれないほどの恩《おん》がある」

「うん、うん」

七海《ななみ》は、深くうなずきました。世話好《せわず》きなおじいちゃんならやりそうなことです。

「そのじいさんが目に入れても痛《いた》くないほど、かわいがっているのが、孫《まご》の七海《ななみ》、おまえだ」

七海《ななみ》はそこでも、うなずきました。

茂雄《しげお》おじいちゃんとは小さいときからなかよしでした。パパは「がんこおやじ」

というけれど、七海《ななみ》にとっては、やさしくておもしろいおじいちゃんです。

「そのだいじな孫《まご》が、なにやらなやんでる。手紙を、こう、やぶろうとして、おでこに三本もしわをよせて、この世の終わりって顔をしている。これは助けてやらなきゃと思い、つい、話しかけちまった。いったい、なんだったんだい？　あの手紙は」

「うわあ、いやなこと、思いだしちゃった」

七海《ななみ》は、指を頭にあて、髪《かみ》の毛をぐちゃぐちゃにしました。天然《てんねん》パーマの髪《かみ》が、二倍くらいにふくらみます。

「見せてみろよ。いやなことほど、ぱーっと話しちゃって、笑《わら》ったほうがいいって。なやんでいいことなんてないって」

「わかった。でも、ぜったいに読んでも笑《わら》わないでね」

七海《ななみ》は花柄《はながら》もようの封筒《ふうとう》をとりだすと、クマハチの前に、ぽいとほうりなげました。

「おいおい。このままかよ」

前足と口をつかって、封筒《ふうとう》から手紙をだしてひろげます。

「なんだ、手書きじゃねぇのか。パソコンの文字ってのはあじけないな」

大福《だいふく》は七海《ななみ》にも聞こえるようにと、声にだして手紙を読みあげました。

3 手紙のにおいと大福《だいふく》とのとりひき

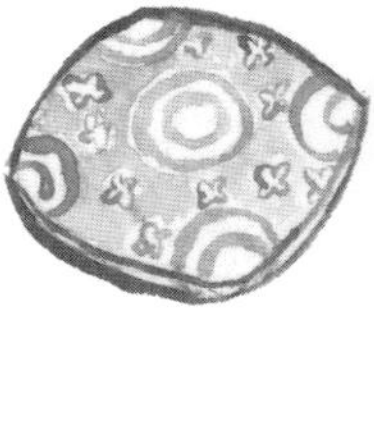

葛城《かつらぎ》こずえに気をつけたほうがいいよ！

こそこそ、七海《ななみ》ちゃんの悪口をいってまわっているよ。

たとえば、《七海《ななみ》ちゃんが「宿題をうつさせて」とたのむので、しかたなく見せてあげた。なのに、自分でうつしまちがえて、「答え、まちがえてた。ひどい」って、もんくをいってきた》とか。

《七海《ななみ》ちゃんが、自分の好《す》きなバトル系《けい》のマンガをかしてきて、「おもしろかったでしょ？　もっと読むよね？」って、つぎつぎおしつけて感想を聞いてきた。少しはこっちの好《この》みや都合を考えてほしい》とか。

《せっかく他《ほか》の友だちと、「ミライ☆キッズ」の話でもりあがってるのに、七海《ななみ》ちゃんがわりこんできて、「アイドルグループなんてくだらないよね～」とかいって、楽しい空気をだいなしにした》とかだよ。

七海《ななみ》ちゃんがこわいから、直接《ちょくせつ》はいえないみたい。

だからって、それをいいふらすのは、ルール違反《いはん》だよね。感じ悪いよね。

友だちって、むずかしいから、気をつけてね。


「なんだ。しょうもないことばかりじゃないか。どんなすごい内容かと思ったのに。くだらない」

大福《だいふく》は、読み終わると大声で笑《わら》いだしました。七海《ななみ》はそばにあったクッションをクマハチめがけてふりおろします。

「まて、まて、らんぼうはいかん」

七海《ななみ》のクッションをよけて、クマハチは、くるりくるりと寝《ね》がえり。

「悪かった。あやまるから、怒《おこ》るなよ」

「だめ。あんなに笑《わら》って。大きかったわたしの心の傷口《きずぐち》が、ますますひろがったじゃない」

「まてまて。話しあおう。とにかく、そのクッションをおけ」

クマハチは、ちょこんとまねきねこのようにすわって、七海《ななみ》とむきあいました。

「落語家なので、これが落ちつくのでな……。話を整理すると、つまり、葛城《かつらぎ》こずえって子が、七海《ななみ》の悪口を、七海《ななみ》のしらねえところでいいふらしてると、この手紙はごていねいに、おしえてくれてるってわけだ」

「そう」

「宿題とか、マンガとか、このとおりやったのか？」

「うん……」

七海《ななみ》は、しおれたヒマワリみたいに、顔をさげてうなだれました。

「わたし、鈍感《どんかん》なのか、女子の空気ってやつが読めないの。だって、『宿題を見せて』ってたのんだときも、『バトル系《けい》のマンガを読んでみる？』って聞いたときも、こずえはにっこりして、『いいよ』といったのよ。少しもいやそうじゃなかったのよ」

「ふむ、ふむ」

クマハチは首をぐるりとまわします。

「だから、こずえとはうまくいっていると信《しん》じてたの。なのに、こんなことをだれかに相談していたなんて、ショックすぎ。友だち、信《しん》じられなくなりそう」

手紙を見て、だれかからラブレターでももらったかと思って、よろこんだ自分が、ばかみたいです。大福《だいふく》は、ははは っと笑《わら》いました。

「女心ほど、ややっこしいもんはない。で、七海《ななみ》は、この手紙のこと、こずえって子に、問いただささなかったのか？」

「した。かーっと頭に血がのぼって、じっとしてられなくて、教室でこずえにつめよったの。『いやなことがあるなら、こそこそしないで直接《ちょくせつ》、わたしにいってよね。そうじゃないと、これからは、いっしょに遊べない。絶交《ぜっこう》するよ』って。バシーンと」

「ほう、そりゃ、カッコいいな。さすが、じいさんの孫《まご》だ！」

「けど……、それが失敗《しっぱい》だった。だって、なにかいいかえしてくると思ったのに、こずえ、泣《な》きながらにげだしちゃった」

これでは、七海《ななみ》がこずえをいじめたみたいです。そのあと、こずえは、七海《ななみ》のそばにこなくなりました。『絶交《ぜっこう》なんていやだよ』って、いってくれるとばかり思っていた七海《ななみ》は、あてがはずれました。

「来週からわたし、クラスでだれとおしゃべりしたらいいの？　ひとりぼっちよ」

七海《ななみ》のほほに涙《なみだ》がつたいます。腕《うで》でぬぐおうとすると、クマハチがタオルをくわえ

てわたしてくれました。

「もっと他《ほか》に友だち、いねぇのか？」

「男子とばかり遊んでいたから。初《はじ》めてできた女子の親友が、こずえだったの」

「そりゃこまったな。手紙を書いたやつが、わからねぇところが気持ち悪いな」

クマハチは、うしろ足で耳のうしろをかきます。

「でも、きっとクラスのだれかだよ。わたし、そんなにきらわれていたのかな」

「考えすぎるな。おまえとこずえが、なかがいいのを、だれかがやっかんだんじゃないか。嫉妬《しっと》ってやつだ。それから、この手紙、ちとにおうぞ……」

クマハチはくんくんと鼻を近づけます。

「うん。たしかだ。こりゃ、にんにく入り餃子《ぎょうざ》とラーメンのにおいだ」

「にんにく入り餃子《ぎょうざ》とラーメン？」

「とにかく、この手紙は証拠《しょうこ》だ。やぶかないでとっておけ。おれが調査《ちょうさ》してやる」

「ほんと？」

「ああ、ねこは便利《べんり》だぞ。どこにでも、もぐりこめるからな。こずえってやつの家にしのびこんで、どんなふうかようすを見るくらいわけないさ」

「すごい。よかった。大福《だいふく》にうちあけて」

七海《ななみ》は、クマハチにとびつきました。むぎゅっとだきしめると、クマハチのぜい肉たっぷりの顔が、ぶしゅってつぶれます。やわらかくてあったかくて、クマハチをさわっていると、心がほんわか、のびやかな気持ちになれます。

「おれがいてよかっただろ？　助かるだろ？　だから、そのかわり……」

「そのかわり？」

「おれのたのみごとも、聞いてくれよ」

クマハチは、にゃーとないて、七海《ななみ》にすりよってきました。

4 わすれられないデート

大人はすぐに「そのかわり」って条件《じょうけん》をだします。おもちゃを買ってあげるから、勉強しなさいとか、遊園地につれていくから、宿題をしちゃいなさいとか。

幽霊《ゆうれい》のくせに大福《だいふく》も、大人でした。

こずえの手紙のことを調べてやるから、そのかわり、元恋人《もとこいびと》の夏葉《なつは》に会ってきてほしいというのです。

「おれ、ナツにだいじななにかを、伝《つた》えわすれている気がするんだ。それがなんだか思いだせないんだ」

かみしめるようにいう大福《だいふく》の声には、今までにない真剣《しんけん》なひびきがあり、七海《ななみ》はこのたのみを、ひきうけることにしました。

しらない人とでもすんなり話せるほうだし、探偵《たんてい》になったようで、わくわくします。

ただ、むずかしいのは、大福《だいふく》の注文。

「おれが成仏《じょうぶつ》できてないことは、決していわないでくれ」

幽霊《ゆうれい》になってねこにとりついているなんて、恥《は》ずかしすぎるといいはります。そうなると、夏葉《なつは》さんに説明《せつめい》するのがむずかしい。けれど、なんどもなんども頭をすりつけてたのむので、しかたなく、そのとおりにすると約束《やくそく》しました。


夏葉《なつは》さんに会いにでかける日は、庭のむらさきの紫陽花《あじさい》が、しっとり咲《さ》きほこる小雨の日曜日でした。おこづかいをポシェットに入れて、七海《ななみ》は家をでました。クマハチは、M《エム》駅に行くとちゅうにある葛城《かつらぎ》こずえの家まで、いっしょにきてくれました。

「でっけー家だな。こずえっていうのは、金持ちなんだな」

コンクリート三階《がいだ》建て。がっしりしたへいに囲《かこ》まれた邸宅《ていたく》を前に、ヒゲをピンとたてて、おどろいています。

「こずえのおとうさんはテレビ局につとめていて、お金持ちなの。でも、こずえは決してじまんしたりしないの」

「大好《だいす》きな親友だもんな。なにか心変《こころが》わりの手がかりがないか、今から調べてやる。だから、七海《ななみ》もがんばって、ナツに会ってきてくれよ。まいごになるな」

「ちゃんと地図、持ったから。じゃあね」

大福《だいふく》というかクマハチとはそこで別《わか》れて、七海《ななみ》はひとりでM《エム》駅にむかいました。

いろは亭夏葉《ていなつは》は、落語家としては二《ふた》つ目《め》です。落語の練習の合間《あいま》をぬって、「スプーン」というカレー屋さんでアルバイトしてることが多いと聞きました。

七海《ななみ》がむかうのは、そのカレー屋さん。

もよりのM《エム》駅から電車にのって五つ目。初めてY《ワイ》駅をおりると、ビルの合間《あいま》にスカイツリーがきれいに見えました。地図を見ながら歩くこと十分ほど、銀色のスプーンの形の看板《かんばん》がついた小さなカレー屋さんは、まよわず見つけられました。

「さぁて、なんていおうかな」

お店の前で七海《ななみ》は立ちどまり、ポシェットから紙をとりだしました。インターネットで見つけて印刷《いんさつ》した夏葉《なつは》さんのプロフィールで、写真もついています。

夏葉《なつは》さんは、三十三歳《さい》。色白でしっとりと黒い髪《かみ》。おひな様のようなすずしげな目もとで、〝落語界の期待のアイドル〟と書いてあります。

「こりゃ大福《だいふく》には、もったいない」

ついでに印刷《いんさつ》した大福《だいふく》のプロフィールを見ると、こっちは、大福《だいふく》もちそのものというまん丸い顔が写っていました。ふくよかで、七福神のえびすさまみたい。ほほがふっくらで、目はシラス干《ぼ》しみたいに小さいのです。

「夏葉《なつは》さん、大福《だいふく》のどこを好《す》きになったのかな？」

そう思いながら写真を見くらべていると、カレー屋「スプーン」のドアが開いて、エプロンをしたおばちゃんが顔をだしました。

「さっきからそこにいるけれど、あんた、ひとり？　カレーが食べたいの？」

「あっ、はい。その……、この人に会いたくてきたんです。女性《じょせい》の落語家さん」

あわててプロフィールの紙をさしだしました。

「あらまあ、あんた、子どもなのに落語が好《す》きなの？　しぶい好《この》みね――」

「まあ、その……」

七海《ななみ》は口ごもりました。落語は、おじいちゃんが好《す》きなだけ。七海《ななみ》は十分くらい聞いただけでねむくなってしまいます。

「てれなくていいわよ。今、夏葉《なつは》ちゃん、洗《あら》い場《ば》、やってもらってるの。このお店は、三時から五時までお昼休み。もう少しで夏葉《なつは》ちゃんも暇《ひま》になるから、カレーでも食べてまっていて」

親切なおばちゃんのふとい腕《うで》にひっぱられて、七海《ななみ》はお店に入りました。おまけにおいしいカレーまでごちそうしてもらいました。

「ごちそうさま。あー、おいしかった」

ナプキンで口のまわりをふいていると、ほっそりした女の人がカウンターの中からでてきました。

「おまたせ。あなたがわたしのファンさん？」

エプロンすがたの夏葉《なつは》さんは、写真のとおりのきれいな人でした。

七海《ななみ》は、ほほを赤くしながら、あわてて立ちあがりました。

「は、はじめまして。わたし、小西七海《こにしななみ》です。如月亭大福《きさらぎていだいふく》のことで、聞きたいことがあってきました。去年、なくなった落語家さんです」

「ええ？　大福《だいふく》？」

夏葉《なつは》さんのすずしげな切れ長の目が、みるみる大きく見ひらかれました。

夏葉《なつは》さんは、七海《ななみ》を近くの和風カフェにつれていき、メニューで一番高い、クリームあんみつを注文してくれました。

夏葉《なつは》さんがたのんだアイスコーヒーがくると、夏葉《なつは》さんはテーブルに身をのりだすようにして、聞いてきます。

「七海《ななみ》さんっていったっけ？　どうして、大福《だいふく》のことをしっているの？」

「あのー。わたしじゃなくて、おじいちゃんが大福《だいふく》のファンでよくお酒を飲みあっていました。小西茂雄《こにししげお》といって、今、入院中なのですが……」

七海《ななみ》はおじいちゃんが大福《だいふく》ととてもなかよしだったこと、大福《だいふく》がなくなる前、夏葉《なつは》さんとしたけんかの原因《げんいん》を聞きたいといいだしたことなど、一生懸命《いっしょうけんめい》、説明《せつめい》しました。

「ふーん」

夏葉《なつは》さんは、一気にアイスコーヒーを飲みほすと、じっと七海《ななみ》をにらむように見つめました。

「そんな個人的《こじんてき》なこと、どうして話さなきゃいけないのよ。だいたい飼《か》いねこを助けて命を落とすなんて……、ドジすぎて、美談《びだん》にもならないわよ」

夏葉《なつは》さんは、ドジってところに力をこめて、心からしぼりだすようにいいました。

でも、それは、おじいちゃんがクマハチにむかっていう、「こいつ、デブだよな」といういい方と、どこかにていました。おじいちゃんの、「こいつ、デブだよな」が、

「おまえのこと、大好《だいす》きだよ」って聞こえるように、夏葉《なつは》さんの「ドジすぎて」は、「なんで先に死んじゃったのよ」となげいているように聞こえます。

「けんかしたことは、悪かったと思ってるわ。死にたくなるほど、くやんでいる。だって、大福《だいふく》がケータイをわすれるのはいつものこと。デートに遅刻《ちこく》するのも、いつものこと。おしゃれな服装《ふくそう》ができないのもいつものこと。なのに、あの日、わたしはそれがゆるせなかった。誕生日《たんじょうび》だったし、真打《しんう》ちになったお祝《いわ》いもあったから、新しい着物を着て、髪《かみ》の毛までセットして最高のおしゃれをして行ったから」

「……は、はい」

「なのに、一時間も遅刻《ちこく》。そのあいだ、大福《だいふく》はケータイを持っていないから連絡《れんらく》がつかない。そして、やっとあらわれた、大福《だいふく》は……」

夏葉《なつは》さんは、首を左右にふりました。

「Tシャツに半ズボンにビーチサンダル。ね、あなただっておかしいと思うでしょ？ 和服《わふく》のとなりが、ハワイの海岸にいるような服装《ふくそう》なんて！」

「ぷっ……」

七海《ななみ》はふきだしそうになりました。しっとりした和服姿《わふくすがた》の女性《じょせい》と、ふとったビーチ

サンダルのおじさんカップルがうかんできたからです。

「だから、わたし、大福《だいふく》を見るなりもんくをいったの。でもあいつ、それでもへらへらしていたからもう腹《はら》がたってしまって、ほほをパシンってひっぱたいて、帰ってきちゃったのよ」

「はあ……」

「今になってみれば、あの人におしゃれな服装《ふくそう》を期待《きたい》したわたしがいけなかったのよ。そういうの、できる人じゃないから」

夏葉《なつは》さんはバッグからハンカチをだして、目もとをおさえます。

「で、でも……あの……おじいちゃんがいうには、大福《だいふく》は夏葉《なつは》さんのことが、大好《だいす》きだったって。おれにはもったいない人だって、いつものろけていたって」

どうにかしようと、七海《ななみ》がいうと、それが逆効果《ぎゃくこうか》だったようで、夏葉《なつは》さんは、バンとテーブルをたたきました。

「他人《たにん》にいうなら、なぜ、わたしに直接《ちょくせつ》いってくれなかったのよ」

それから、頭をかかえました。

「あなたにぶつけても、しかたないわね。事故《じこ》にあって、病院に運ばれたとき、少し

だけ話ができたの。わたしはけんかのこと、心からあやまったのよ。でも、大福《だいふく》ったら、なんていったと思う？『クマハチ、クマハチ』って、それだけよ。わたしの名前は最後《さいご》までよんでくれなかった。けっきょく、わたしよりも飼《か》いねこが大切だったのよ。あの人は」

夏葉《なつは》さんは自分を落ちつかせるように、ふうっと息をはきました。

「ごめん、どうかしてるわね。初《はじ》めて会った小学生に、へんな話、聞かせちゃって」

夏葉《なつは》さんは、目もとの涙《なみだ》をぬぐいます。

七海《ななみ》は胸《むね》がしめつけられ、軽い気持ちでここにきたことを後悔《こうかい》しました。

「もう行くわね。これ以上いると愚痴《ぐち》ばかり話しそうだし。これ、わざわざきてくれたお礼」
夏葉《なつは》さんは、バッグの中からチケットを二枚《まい》だしました。「夏の終わりの落語祭り」と書いてあります。会場はとなり街《まち》に新しくできた「虹《にじ》のホール」。七海《ななみ》の家の近くです。

「八月の末《すえ》にやるの。わたし、ひさびさの高座《こうざ》なのよ。大福《だいふく》が事故《じこ》にあってから、落語ができなくなっていたの」

夏葉《なつは》さんは、大福《だいふく》がなくなって、食べ物ものどを通らなくて、入院したそうです。そのせいで、大福《だいふく》の飼《か》いねこのクマハチの行方《ゆくえ》も、思うようにさがせなかったとか。
そんなこんなで、落ちこんで、動けなくなっていた夏葉《なつは》さんを元気づけたのは、大《だい》福《ふく》も大好《だいす》きだった落語でした。

「落語の主人公たちはつらいことでも、笑《わら》いにかえてのりきっている。だから落語を聞いているうちにはげまされたの。一年たつし、そろそろふっきらなきゃと、一大決心して『へっつい幽霊《ゆうれい》』をやるの」

「へっぴり幽霊《ゆうれい》?」
七海《ななみ》は、目をむきました。幽霊《ゆうれい》というひびきで、大福《だいふく》のことがばれたのかと思ったのです。

「やだ。落語、しらないのね。『へっつい幽霊《ゆうれい》』。落語の演目《えんもく》。つまりタイトルね。大《だい》福《ふく》が一番とくいだった落語。今、猛練習《もうれんしゅう》しているの。大福《だいふく》よりもうまくやってやろうと思ってね。それができたら、供養《くよう》になるはずだから。だからよかったら、大福《だいふく》のファンだというおじいさんといっしょに聞きにきて」

「はい。行きます。よろこんで」

七海《ななみ》は大きくうなずきました。ここで、落語は十分も聞いたらねむくなるとはいえません。

「じゃあね。ゆっくり食べていいからね」

夏葉《なつは》さんは、伝票《でんぴょう》を持って立ちあがり、ドアのほうへ行きかけました。七海《ななみ》は「まって」とよびとめました。

「あの……。もうひとつだけ聞きたいことがあって。その、あの……」

「なに？　えんりょしないでいいわよ」

「それじゃ、聞きます。大福《だいふく》って、ぜんぜんカッコよくないし、おしゃれでもない。夏葉《なつは》さんは、美人ですてきでモテそうなのに、大福《だいふく》のどこがよかったんですか？」

「まあ、あはは――っ。ズバリ聞くわね」

夏葉《なつは》さんは口をおさえながら、大笑《おおわら》い。

「どこがよかったのかな。あのよろこぶ顔かな。うれしいとき、そこぬけに明るい顔をするの。雲がきれて日がさすと、そこだけぱあーっと明るくなるでしょ。あんな感じ。この顔、ずっと見ていたいなって、そう思っちゃったの」

夏葉《なつは》さんはそこで初《はじ》めてにっこり笑《わら》いました。片《かた》がわだけえくぼがひっこみます。

「あいつのまわりにいる人は、みんなおだやかな顔になれるのよ。でも、人気者でだれにでもやさしかったから、ときどき、不安にもなったのよ。わたしのこと、どう思っているのかなって。特別《とくべつ》に思ってくれているのかなって。心ってたしかめられないでしょ……って、あなたにはまだ、わからないわね」

「恋《こい》はしたことないから。ただ……、親友とは今、けんか中。気持ちがたしかめられないってところは、すごくわかります。たしかめたくても、こわくて聞けないし」

「その親友を、大切に思っているから、こわいのよね。大切なものほど、うしないたくないもの」

「はい」

七海《ななみ》は、こぶしをにぎりしめてうなずきます。

夏葉《なつは》さんも、「うんうん」といっしょになって、うなずいてくれました。

「なら、聞きにくくても、ちゃんと話しあいなさい。生きていれば、いくらでもやり直せる。わたしたちはもう、どんなに話しあいたくても、けんかしたくても、できないんだもの……。じゃあね。会えてよかった」

「はい。落語会、行きます。楽しみです」

夏葉《なつは》さんのさしだした手を、七海《ななみ》はぎゅっとにぎって別《わか》れました。それから、もらったチケットを大切にポシェットに入れました。

この落語会までには、落語をねむくならずに、最後《さいご》まで聞けるようになりたいと思いながら。

5 伝《つた》わること、伝《つた》わらないこと

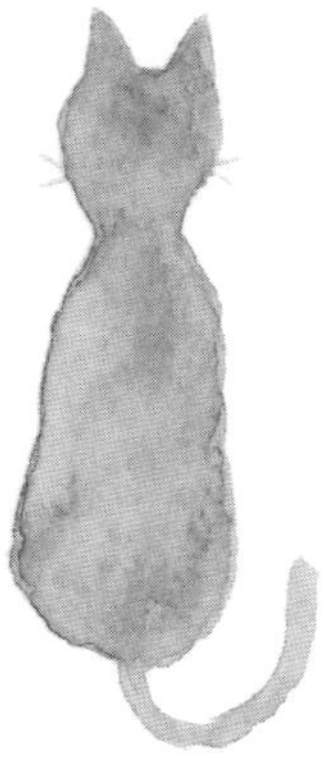

七海《ななみ》が、家のそばのM《エム》駅にもどったときは、もう雨はすっかりあがって、地面の水たまりがきらきらと光っていました。

いつもの七海《ななみ》なら、元気よく歩くのですが、今日《きょう》は一歩一歩、地面をふみしめるようにして歩きました。夏葉《なつは》さんから聞いた、すてきな言葉の数かずが、心からこぼれてしまわないようにです。

そんなふうに、話したことを思いだしながら、ゆっくり歩いていると、「にゃー」というなき声が聞こえました。クマハチです。そよかぜ公園のさくの上で、七海《ななみ》を手まねきしています。

「まっていてくれたの？」

「ああ。早くナツの話を聞きたくてね。じっとしていられなかったんだ。あっちに行こう」

クマハチというか大福《だいふく》は、先に歩いて、公園の奥《おく》にむかいます。ついて行くと小さな休憩所《きゅうけいじょ》みたいな「あずまや」がありました。ここなら他人《たにん》からもあまり見られずに話ができそうです。七海《ななみ》は、そのベンチにクマハチとならんですわりました。

「それで、どうだった?」

「『どうだった?』、じゃないわよ。どうして、ビーチサンダルと半ズボンでデートに行ったの? どうして最後《さいご》に夏葉《なつは》さんの名前をよんであげなかったの? 夏葉《なつは》さん、落語ができないくらい悲しくて、怒《おこ》っていて、それでも大福《だいふく》のことを思って泣《な》いてたよ」

七海《ななみ》は、夏葉《なつは》さんと「スプーン」で会って、和風カフェで話したことを伝《つた》えました。とちゅうから、涙《なみだ》がぽろぽろとこぼれてきます。

「夏葉《なつは》さん、すごくいい人だった。大福《だいふく》にはもったいないくらい、きれいでやさしい人だった」

「よくいわれた。おまえには、もったいない恋人《こいびと》だと」

クマハチは足で耳のうしろを思いっきりかきだしました。

「ねぇ、好《す》きだったんでしょ? 愛《あい》していたんでしょ?」

「もちろん」

「どうしてそれを、もっと伝《つた》えてあげなかったの？」

七海《ななみ》はほほをふくらませて、つめよりました。

「伝《つた》わっていると思ってたんだよ。おれはずっとナツのことで、心がいっぱいだった。ナツに恥《は》ずかしくない落語をすることが、あいつもよろこぶことだと思っていた。ナツなら、わざわざ言葉にしなくても、わかってくれているって、そう思っていた」

「でも、言葉にしなきゃ、伝《つた》わらないこともあるよ」

「……今となったらな。そうかもしれないよな」

クマハチは頭をさげてしゅん。ふとった体がひとまわりもふたまわりも小さくなったように見えます。

「ご、ごめん。悲しいのは大福《だいふく》もいっしょだよね。わたし、いつもそうなの。思ったこと、ずばずば、いっちゃうの」

七海《ななみ》も肩《かた》をおとし、うなだれました。小さいころから、はっきりものをいうところがあるのです。

「気にするな。ナツがもんくをいうくらい回復《かいふく》してるってわかって、よかったよ」

クマハチは、よいしょっと七海《ななみ》のひざの上にのってきました。

「こら、おもいぞ。で、でも、やわらか――い。クマハチのお腹《なか》、気持ちいい」

「そうだろ。そうだろ」

七海《ななみ》がなでると、クマハチも気持ちよさそうに、目を細めます。

「それで、そっちは今日、どうだった？　こずえの家に入れた？」

大福《だいふく》は、手紙事件《てがみじけん》のことを調べるため、こずえの家を探検《たんけん》したはずでした。

「犬がいてな。庭には入れなかった。ただ、ベランダにでてきたグレーの飼《か》いねこと話ができた」

「マリーだね。こずえの飼《か》いねこ。こずえんちは犬もねこも飼《か》ってるの。犬はロンっていうのよ」

「そのロンってやつに、見つからないようにするのが、ひと苦労《くろう》よ。へいから庭の柿《かき》の木にとびうつって、枝《えだ》から落ちそうになりながら、ベランダのマリーに話しかけた。アクロバットみたいだった。すごいだろ」

クマハチは、お腹《なか》をゆらします。このふとった体でのぼられて、おれなかった枝《えだ》のほうがすごいと思いながらも、よくやったとたくさんなでてあげました。

「そのマリーがいうことには、こずえの家はラーメンやにんにく入り餃子《ぎょうざ》のにおいは、しないそうだ。ママがにんにくがきらいらしい。でも、最近《さいきん》、にんにく入り餃子《ぎょうざ》のにおいがする子が、何回かたずねてきたといっていたぞ。長い黒髪《くろかみ》の、目の下にほくろがある女の子だってさ」

「あっ……」

クラスメイトで目の下にほくろがあるのはひとり、渡辺《わたなべ》あやねさんです。たしかこずえと同じ塾《じゅく》。そういえば、最近《さいきん》、こずえとよく話しています。

「渡辺《わたなべ》さんだ。たしか渡辺《わたなべ》さんちは、M《エム》駅のほうにあるラーメン屋さんだよ。『玉ちゃんラーメン』。餃子《ぎょうざ》もおいしいって評判《ひょうばん》みたいだよ。ということは……、渡辺《わたなべ》さんがあの手紙を書いたのかな?」

渡辺《わたなべ》さんは、昨年《さくねん》までは、目立たない感じだったのですが、ダンスを習うようになってから、急におしゃれになって

きました。髪《かみ》ものばし、毎日髪型《かみがた》をかえてくるようになり、ときどきうすくネイルもしています。アイドルの「ミライ☆キッズ」に夢中《むちゅう》で、ファンクラブしか買えないという「ミライ☆キッズ」の下じきやノートを持っていて、みんなにじまんしています。

「でも、どうしてだろう？　うーんと、そうだ！　一度、『アイドルグループなんて、ちゃらちゃらしてくだらない。どこがいいの？』って、いっちゃったことがある。それを、うらんでるのかな？」

王子さまみたいにピカピカの衣装《いしょう》を身につけて、ウィンクする男の子たちが、七海《ななみ》にはどうしてもカッコよく見えません。高いアイドルグッズを買う気持ちがわからないと、強い口調でいってしまったことがありました。

「好《す》きなものを否定《ひてい》されるのは、ちょっくらショックだったのかもな。おれだって、落語をけなされたら、怒《おこ》るさ」

「うわっ、そうだったのか。気をつけなきゃ」

七海《ななみ》はうなだれます。

「だからといって、へんな手紙を書いてもいいことにはなんねぇ。それとこれとはまったく別《べつ》だ。しかしだな、いっぺんにすべては解決《かいけつ》しないもんさ。算数の問題じゃねぇんだ。それより、今日《きょう》は活やくして腹《はら》がへったな。あまいものが、食《く》いたくなった。七海《ななみ》、買ってきてくれよ」

クマハチは、鼻をひくひく動かしながら、でぶっとした体をすりよせてきました。

「だめだよ。ふとる！　体重、また、ふえるよ」

「そんなことというなよぉ。食《く》わなきゃ頭もまわらねぇ。たい焼《や》き、食《く》いてー。しっぽまであんこが入ってるやつ。キャットフードばかりじゃ、あきちまうぜ」

そよかぜ公園の近くにおいしいたい焼《や》き屋《や》「あんこ堂《どう》」があり、夏でも大人気で行列ができています。そのこうばしい香《かお》りを、クマハチはかぎつけたようです。

「『あんこ堂《どう》』はおいしいのよね。うーん。ふとるけど、たまにだからいいか。わたしも食べたくなった」

「そうこなくちゃ！」

クマハチは、うきうきと歩きだしました。おしりの上、しっぽがひょこひょこと左右にゆれてます。

「ふふふ。おかしなねこ」

七海《ななみ》は小走りで、食《く》いしんぼうのデブねこのあとをおいかけました。

6 わたしが絶交番長《ぜっこうばんちょう》？

月曜日は、雨がふりそうでふらない、灰色《はいいろ》のくもり空でした。げたばこであの手紙を受けとってから、初《はじ》めての登校です。

あんな手紙を読んでしまったあとなので、いつものような元気はでません。手紙を書いたのがほんとうに渡辺《わたなべ》さんかどうかも気になって、胸《むね》の奥《おく》におもたいものがつまっているかのよう。

それでも、七海《ななみ》は、こずえとなんとかなかなおりしようと、自分をふるいたたせて学校にむかいました。

「生きていれば、いくらでもやり直せる」

夏葉《なつは》さんから聞いた言葉も、背中《せなか》をおしてくれます。

「おはよう」

げたばこにいた、タモツに声をかけました。サッカー大好《だいす》き少年のタモツとは、保《ほ》育園《いくえん》からのつきあいで、けんか友だち。

「オッス。早いな、ナナ。そうだ。おまえ、だいじょうぶか？

なんか〈絶交番長《ぜっこうばんちょう》〉とかいわれてるって聞いたぞ」

「なに、それ？」

七海《ななみ》は、首をかしげました。タモツはまゆをよせます。

「やっぱり、しらないのか……。ナナの新しいあだなみたい。ラインやってる連中のあいだで、まわってるらしいぜ」

「うそ――っ。なんで？」

「このあいだ、葛城《かつらぎ》こずえに絶交宣言《ぜっこうせんげん》したんだろ？その態度《たいど》が、番長って感じだったんだってさ。なんか女子がおもしろがって、あだなにしたみたい」

七海《ななみ》は、いっしゅん、頭がくらっとしました。

「宣言《せんげん》なんかしてない。だれが最初《さいしょ》にいいだしたの？」

「そこまでしらねえ。女子の話を、聞きかじっただけだから」

「わたし、もんくいってくる」

「おい、まて。だれにいうんだよ」

目をつりあげて歩きだそうとする七海《ななみ》を、タモツは腕《うで》をひっぱって止めました。

「だれって、ええと、だれにいえばいいんだろう。ラインやってる人に聞いて、どのグループか、聞きだして……」

タモツは、首を横にふります。

「やめとけ。こういうとき、さわぐとよけい孤立《こりつ》するって、ねえちゃんがいってたから」

「孤立《こりつ》？　それってまさか、いじめ？」

「わかんないけどさ。今度は、けんか番長とかいわれるの、いやだろ？」

「うん。まあ」

「じゃ、ちょっとようすを見ようぜ。静《しず》かにしていればおさまるんじゃないか。おれはそうしたほうがいいと思うよ」

タモツのひそめた声には、真剣《しんけん》なひびきがありました。だから、七海《ななみ》の足はろうかにはりついたように、動かなくなりました。

「もし、休み時間、することなかったら、サッカーに入れてやるよ。走ればスカッとするからさ」

「う、うん……ありがとう」

タモツはすごく同情《どうじょう》してくれています。ありがたく思いながらも、わりきれないような、納得《なっとく》ができないような、もどかしさで心はいっぱいです。

どうして、絶交番長《ぜっこうばんちょう》なんてあだながひろまるのでしょう。七海《ななみ》のしらないラインというもので、悪口をいいあって笑《わら》っている人がいるかと思うと、背中《せなか》がぞくっと寒くなります。でも、そんな悪口に負けたくありません。

（できるだけ、いいことや楽しいことだけ、考えよう）

教室のドアを開けると、七海《ななみ》は自分をはげますように、わざと明るく、みんなに声をかけました。

「おはよう」

でも、かえってくる声はありません。

みんな七海《ななみ》を見ないで、うつむいたり、他《ほか》の人と話したりしています。

七海《ななみ》は自分の席について、そっと教室をうかがいました。

葛城《かつらぎ》こずえは、もうきていました。けど、渡辺《わたなべ》さんの陰《かげ》にかくれて、すがたがよく見えません。他《ほか》にもふたりの女子がいて、「ミライ☆キッズ」がのっている雑誌《ざっし》をひろげてなかよさそう。

七海《ななみ》は、そっちにむかって、もういちど、「おはよう!」と大きな声でいいました。

しかし、だれも反応《はんのう》してくれませんでした。こずえも雑誌《ざっし》に視線《しせん》をむけたままピクリとも動きません。しめしあわせて、七海《ななみ》を無視《むし》しようと決めたみたい。

「なによ。感じ悪い。まあ、いいわ」

七海《ななみ》は、平気なふりをしました。こずえがひとりになったときを見計《みはか》らって、話しかければいいやと。

とにかく今は、やりのこした宿題をやらなきゃと、プリントをつくえにひろげました。

けれど、プリントの文字が目に入ってきません。字を書こうとしても、鉛筆《えんぴつ》を持つ手に力が入りません。胸《むね》の鼓動《こどう》がドキドキ速くなっていきます。

無視《むし》されるって、すごくこたえます。自分がクラスの中で、いらないもののような気がするのです。

（だいじょうぶ。なにも悪いことしてないもの。どうどうとしなきゃ）

なんども自分をふるいたたせるようにそう思いました。おどおどしたら、よけい、みじめになります。

七海《ななみ》はどうにかしてこずえとふたりで話したいと、休み時間のたびにチャンスをまちました。しかしこずえがひとりになることはなく、そばに近づくこともできません。少しでも七海《ななみ》が近よろうとすると、「行こう」と、渡辺《わたなべ》さんたちにひっぱられてはなれていきます。

放課後《ほうかご》のチャイムが、救《すく》いの鐘《かね》のように聞こえました。七海《ななみ》は、にげるように家に帰りました。

家に帰るとどうじに、デブねこのクマハチをだきあげました。ふっくらやわらかな体に顔をくっつけてると、かたくなった心がほぐれていくよう。クマハチは、好《す》きなだけ、そうさせてくれました。

「どうやら、うまくいかなかったんだな」

大福《だいふく》の心配そうな声に、七海《ななみ》はこくんとうなずきましたが、くわしく今日《きょう》のことを話す気にはなれません。大福《だいふく》もなにかを感じたのか、むりに聞きだそうとはしませんでした。そのかわり、ねこのヨガとかいって、いろんなポーズをして笑《わら》わせて、気持ちをなごませてくれました。

その夜、七海《ななみ》はクマハチをかかえたまま、ベッドに横になりました。クマハチのふっくらした体にさわっていると、心が落ちつきます。でも、ふとしたしゅんかん、さびしい気持ちと絶交番長《ぜっこうばんちょう》という言葉がわきあがります。

「ねぇ、今晩《こんばん》はなかなかねむれそうもないの。落語を話してよ」

七海《ななみ》がねだると、大福《だいふく》は、鼻にしわをよせます。

「しょうがねぇな。落語は子守歌《こもりうた》じゃねえぞ。落語を聞くとねむくなる体質《たいしつ》、早くなおせ」

ブツブツともんくをいいながらも、大福《だいふく》は七海《ななみ》にわかりやすい小学生むけの落語をゆったりと大らかに演《えん》じました。大福《だいふく》の声は、不思議《ふしぎ》に人をほっとさせる力があります。そんな声にだかれるようにして、七海《ななみ》はなんとかねむりについたのでした。

七海《ななみ》は、もともと元気で負けずぎらいの性格《せいかく》です。人に心配をかけたくないと、むりしちゃう性格《せいかく》です。

だから、つぎの火曜日も、そのつぎの水曜日も、そのつぎのつぎの木曜日も、がんばって学校に行きつづけました。

休み時間は、校庭のすみでひとり、なわとびの練習をし、そうじももくもくとやりました。

いつか、こずえとふたりっきりで話して、ごかいをといて、なかなおりするチャンスがあると信《しん》じ、そうしたんです。

しかし、いくらまっても、こずえのほうから七海《ななみ》のそばにきてくれることはありませんでした。

ひとりでろうかを歩いていると、こそこそと声が聞こえてきました。

「あの子だよ。絶交番長《ぜっこうばんちょう》。ほら、くりくりへアーだもの」

ふりむくと、となりのクラスらしいしらないグループでした。七海《ななみ》と目があうとぱっと目をそらし、ふふふって笑《わら》います。それも、いやな感じの笑《わら》いかたで。

（なんなの、これ）

背筋《せすじ》がぞぞっと寒くなりました。絶交番長《ぜっこうばんちょう》って言葉が、七海《ななみ》のまったくしらない場所でひろまっているようなのです。

笑《わら》われることが続くと、そのうち笑《わら》い声《ごえ》を聞くだけで、自分が笑《わら》われているのではないかと思うようになりました。あの子もこの子も、七海《ななみ》を絶交番長《ぜっこうばんちょう》っていいふらしているように感じてしまうのです。

面とむかっていわれた悪口なら、すぐに反論《はんろん》できます。けど、わからないところで、ひろまっているものに、どうやってむかっていけばいいのでしょう。

七海《ななみ》はしだいに、がんばれなくなっていきました。

みんなにかけていた「おはよう」の声が、だんだん小さくなり、ついにはでなくなりました。ひとり言もいえなくなり、タモツにさそわれたサッカーもことわるようになりました。

学校にいるあいだ、自分の席《せき》にしがみつくようにすわって、絵を描《か》きました。クマハチをモデルにしたイラストです。いつかこずえとなかなおりしたら見せて笑《わら》いたいと、ノートにいっぱい描《か》きました。

ノートを一冊《さつ》つかい終わるのには、たいてい一か月以上《いじょう》かかります。それを、三日でつかいきるほど、たくさんのイラストを描《か》きました。それでも、休み時間はとても長くつまらなく感じました。

そして、金曜日の朝。

七海《ななみ》は、学校に行こうと思っても、体が動かずベッドからでられなくなりました。体がカチカチで、どうにもおきられません。時計はどんどんすすんでいきます。それを見ていたらお腹《なか》まで、痛《いた》くなってきました。

気持ちはこんなことに負けたくない、ママに心配をかけたくないと思うのに、体がいうことをききません。

「ママ、お腹《なか》が痛《いた》い。学校、休んでいい？」

「どうしたのかしら？　悪いもの、食べたわけじゃないし、へんねぇ。熱《ねつ》もないし」

ママは首をかしげて、しばらくまゆをよせて考えていました。でも、七海《ななみ》がぐったりしたまま、ベッドに横になっているのを見て、今日《きょう》は、ゆっくり休みなさいといってくれました。

「このごろ、元気がなかったものね。明日は土曜日で学校が休みだし、一日ゆっくりしなさい。先生には、風邪《かぜ》だっていっておくわね」

ママは、あれこれ追求《ついきゅう》しませんでした。そのかわり、お昼ごはんにと、七海《ななみ》の大好《だいす》きなグラタンを用意して、いつものスーパーのパートにでかけて行きました。

7 ねこになろうぜ

七海《ななみ》は、ベッドにねころんだまま、天井《てんじょう》をながめていました。

こんなふうに学校に行けなくなったのは初《はじ》めて。

今まで不登校《ふとうこう》になったり、ズル休みしちゃう子を、七海《ななみ》は、気持ちの弱い子だって思っていました。

でも、それはちがうんだと、自分がなってみて思いました。

ちょっとしたことで、つまずいて、おきあがれないことってあるのです。強いとか弱いとかに関係《かんけい》なく。

その原因《げんいん》とかきっかけも、笑《わら》っちゃうようなことだったり、思いもしないことだったり、心あたりがないことだったりするのでしょう。

少しだけ開けておいたドアから、クマハチが入ってきました。

「おらおら、なさけねえ顔してねているな」

七海《ななみ》の顔をぺろんとなめます。

「ママさん、心配していたぞ。おれの朝飯《あさめし》に、納豆《なっとう》をだしたくらいだ。キャットフードに納豆《なっとう》だぞ。ははは。でも、これがうまかったから、いいけどな」

「どうりで、納豆《なっとう》くさい」

なめられた顔を手のこうでぬぐいながら、よいしょっと体をおこします。

「なんだ。おきられるじゃないか」

「学校、休めると思ったら、お腹《なか》が痛《いた》いのなおっちゃった」

「そうか、ズルか。そりゃあいい」

「ズル休みだよ。学校、行けないんだよ。いいわけないよ」

クッションを強くだきしめて、顔をうずめます。

「自分をせめるな。たまには心が弱っちまうこともある。特別《とくべつ》に悪いことでも、なんでもねぇ。心がつかれたなら休めばいい、それだけだ」

クマハチは、ひざにのっかってきて、七海《ななみ》のももをふみふみします。

「くくく、くすぐったくて、気持ちいい。もっとやって」

「ははは、まだ、笑《わら》う元気はのこってるな。それなら、ちょっくら、おれにつきあえ」

「大福《だいふく》に？　落語でもするの？」

「ちげえよ。クマハチのほうだ。今日《きょう》一日、ねこになるんだ」

「わたしが、ねこに？」

「そうだ。ねこはいいぞ。おれもな、失敗《しっぱい》してへこんだときは、ねこをみならって、リラックスすることにしてたんだ。今は、ほんとうにねこになっちまったんだから、念願《ねんがん》かなったのかもしれないな。ははは」

「ねこになって、リラックス……？」

七海《ななみ》は、まるでわからないと目をぱちくり。

「いいか。まず、ねこがすること、それはごろねだ」

「それならかんたんよ。こうでしょ」

七海《ななみ》は、クマハチがいつもやるように、両手をばんざいして、お腹《なか》をだしてねころびました。

「ちがう。ちがう。ベッドの上じゃ正しいごろねとはいわねえ。頭をからっぽにして、体をくたっとさせて、ごろんとするんだ。見てろ。今、お手本をしめしてやる」

クマハチは、七海《ななみ》の部屋をうろうろ歩きまわりだしました。においをかいだり、顔を床《ゆか》にくっつけてみたり。

「なにしてるの？」

「風の流れを感じてるんだ。ねこになるとわかるんだ。どこでねると、一番すずしいか。気持ちがいいか。この部屋だと、ここだな」

クマハチは、出窓《でまど》によっこらしょっととびあがると、くたっとねころびました。体じゅうの骨《ほね》がなくなってしまったように、ぺったんこ。目は糸みたく細くて、ちょっぴり開いた口から小さな舌《した》がのぞいています。すごく気持ちよさそう。

「そんなせまいところ、のぼれないよ」

「そりゃ、わかってる。ここは、おれの場所だ。七海《ななみ》は自分で気持ちがいいところをさがして、そこで、ごろんとするのよ。いいか、頭で考えるのはなしだ。感じて、ごろん、くたっ。これがごろねの流儀《りゅうぎ》だ」

「ごろん、くたっ」

なんだかおもしろそうです。七海《ななみ》は部屋をでて、家の中を歩きました。

「ほらほら、ねこがそんなふうに歩くか。だれも見てない。ちゃんとねこになれ」

「じゃ……」

七海《ななみ》は、手をついて四つんばい。ためしに、にゃーとないてみます。

「いいね。壁《かべ》にすりすりしてみな。こうだ」

壁《かべ》にわき腹《ばら》をすりよせたり、手で顔をなでたりしてみます。ごろんとねころんで、足を頭の上まであげたり、大の字になったり、反対に丸まったり。楽しくてだんだん、ねこの気分になってきました。

「ねこになると、天井《てんじょう》が高い。食器《しょっき》だなも大きくて、こわいくらい」

「そうだろ。おれもねこになったときは、車も家も人もみんなでっかくて、おどろいた」

「床《ゆか》のあたたかさ、冷《つめ》たさもわかる。冷蔵庫《れいぞうこ》のそばって、暑いのね。ブーンという音もなんだかうるさい」

「うんうん。わかってきたな。なかなか筋《すじ》がよさそうだぞ。その調子だ」

ねこの七海《ななみ》は、にゃーとかみゃーとかいいながら、さらに歩きまわりました。

「ここだ！　ここにしよう」

七海《ななみ》は、庭に面したろうかにごろんとねころび、くたっとしてみました。

「床《ゆか》が冷《つめ》たくて気持ちいい。庭からの風が、お腹《なか》をなでてる」

「どれどれ」

クマハチも横にきて、くるんと丸くなりました。

「おっ、いいな。この家は風がよく通る。ねこにしてみると、実にいい家に住んでいるんだ」

七海《ななみ》の家は、建《た》ってから五十年もたつという古い家。

でも、このボロ屋がいいと、大福《だいふく》はほめてくれます。

「おしゃれとか、見かけのカッコよさと、ねこの気持ちよさってのは、別《べつ》ものだからな」

「ふーん。そうなのか。あっ、鳥のなき声もする」

庭の梅《うめ》の木に遊びにきたようです。小さな鳥が、ちょこんと止まっています。

「あれは、シジュウカラだ。ごくっ。うまそうだな」

「食べちゃだめ」

七海《ななみ》はがばっとおきて、クマハチをおさえます。

「ははは。冗談《じょうだん》だよ。それより、ねこだってことをわすれてただろ。失点《しってん》だぞ」

「そ、そうか。ねこになりきるって、むずかしい」

七海《ななみ》は頭をかいて、ふふっと笑《わら》いました。

8 とっておきの場所

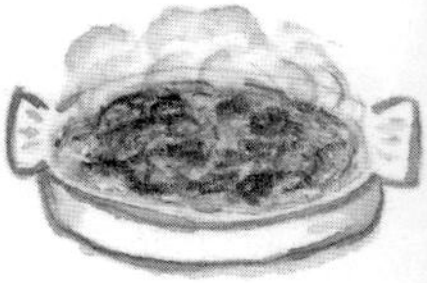

ひとしきりねこになってくつろいでいたら、七海《ななみ》のお腹《なか》がぐーっとなりました。朝ごはんをほとんど食べていなかったのです。

「よし。ちょいと早いが、昼飯《ひるめし》にするか」

大福《だいふく》がいうので、七海《ななみ》はママがつくってくれたグラタンを、レンジでチンして食べました。クマハチにもわけてあげました。

「あちっ、ねこになってふべんなのは、あったけーものが、食《く》えねえことだ」

クマハチはねこ舌《じた》。しかたなく、七海《ななみ》は、ふーふーとさましてやりました。ママのグラタンはとろーりととけたチーズがマカロニにからまってほっこり。元気になりなさいっていう、ママの気持ちが感じられるあったかい味です。

「さーて。腹《はら》がいっぱいだ。いつもはひるねだけど、今日《きょう》はさんぽに行くか」

「だめ。だれかに会ったらズル休みってばれる」

「なさけねえこと、気にするんだな。変装《へんそう》したらバレないよ」

七海《ななみ》の天然《てんねん》パーマをかくせば、わからないとすすめます。

ためしに野球帽《やきゅうぼう》で髪《かみ》をかくして、パパのT《ティー》シャツをざっくりと着てみました。

「うん。いいんじゃねえ。男の子みたいでいいよ。それでいこう」

ほめられてるのか、けなされてるのかわからないけど、いちおう、変装《へんそう》になっているみたい。

「いいのかな。でかけて」

「いい、いい。さんぽはリラックスするのに、もってこいだ。おれも落語家時代、よくやった。ほら、行くぜ。午後になればなるほど、ねこってやつはねむくなるんだ。だから早く」

大福《だいふく》にせかされて、七海《ななみ》はしぶしぶスニーカーをはきました。

「いい天気だな。つゆの晴れ間。さんぽびよりだ」

「どこに行くの？」

「ははは。風にふかれて気のむくまま。行きさきを決めずに歩く、それがさんぽの極《ごく》意《い》よ。でも、まあ、今日《きょう》は、おれのとっておきの場所に案内《あんない》してやる。ついてきな」

クマハチはへいの上をかけていきます。ふとった体でも、あんがい身軽。落ちそうで落ちずに、じょうずにへいからへいにジャンプ。

そのクマハチをおいかけて十五分。「ここだ」っと、クマハチが足を止めたのは、線路沿《せんろぞ》いの階段《かいだん》の前でした。

「ここって、歩道橋？」

「そう。正しくは跨線橋《こせんきょう》とか陸橋《りっきょう》とかいう。電車の線路をわたってむこうに行くための歩道橋。ここがおれのとっておきの場所」

とくいそうにヒゲをピンとさせると、行くぞっと階段《かいだん》をのぼっていきます。

「電車がよく見えるから鉄道の写真をとるやつの人気スポットだ。今日《きょう》はまだ早い時間だから、人がいなくてちょうどいいぐあいだな」

「こんなところが……」

陸橋《りっきょう》の中央に立ってみました。線路をまたぐように西口側と東口側をつないでいる、コンクリートでつくられた丈夫《じょうぶ》そうな橋。電車が下を通るたび、ゴォ――と大きな音がして、ビリビリって橋がゆれます。

「よく見ろ。ここからのながめ、すんげえいいんだ。ほら。空がひろいだろ?」

七海《ななみ》は、視線《しせん》を遠くにむけました。

線路の両わきには、高いビルやマンションがつらなって建《た》っていますが、線路の上は、ぽっかりなにもありません。看板《かんばん》も電線もない、空だけのスペースが、気持ちよくすっきりとのびています。障害物《しょうがいぶつ》がないので、遠くの黒ぐろとした山のふもとまで、ちゃんと見えるのです。

「ほんとだ。気持ちいい」

「そうだろ？　おれはここにくると、世界っていうのは、つながってるって思えるんだ。ちっちぇー自分の空間にとどまってるのが、バカらしくなるんだ」

「へえーっ」

電車がまたゴォーと音をたて、陸橋《りっきょう》の下を通っていきます。何百人をのせた電車が、自分が立っている足の下を移動《いどう》すると思うと不思議《ふしぎ》な気分。

「いいか。今からが本題だ。ここから、どなるんだ。おまえの中でくすぶっているいやな気持ちを、思いっきりはきだすんだ。電車の騒音《そうおん》で他《ほか》のやつらには、聞こえない。見てろ。お手本だ」

そういうと大福《だいふく》は、走ってくる電車の音にあわせてさけびだしました。

「人間にもどりて――ぇ。落語して――ぇ。会場を大笑《おおわら》いさせて――ぇ。ナツに会いて――ぇ！」

こんな小さなねこから、どうしてこんな声がでるのかっていうほど大きな声です。

聞きほれていると、クマハチは、七海《ななみ》を見て、あごをくいっくいっとあげました。おまえの番だって合図です。

つぎの電車がむこうからきました。ゴォーと音がして、橋がふるえます。

「ほら、いけ！」

と大福《だいふく》。七海《ななみ》の足を、クマハチのわき腹《ばら》でおしてきます。

七海《ななみ》は息をすいこむと、宙《ちゅう》にむかってさけびました。

「こずえとなかなおりしたいよ――。こんなの、やだよ――。ずっと友だちだって、いってたこと、うそだったの――！」

電車が通りすぎるあいだに、それだけのことがいえました。この数日間、こずえにいいたいのに、いえなかったことです。口にだしたら、少しだけ楽になりました。

「その調子だ。ほら、今度は特急《とっきゅう》がくるぞ。早いから、急いでいえ。腹《はら》から声をだすんだぞ」

クマハチは、また、あごをくいっ。

「絶交番長《ぜっこうばんちょう》じゃないよ――ぉ！　ごかいだよ。絶交《ぜっこう》なんてしたくないよ――ぉ！」

「わたしは、ちゃんとクラスにいるよ――、みんなわたしを見て――、話しかけてよ――っ！」

「ちゃんとこずえと話したいよ――。無視《むし》しないでよ――ぉ！」

気がつけば、言葉が、どんどんでていってました。この数日のつらさをぶつけるよ

うに、七海《ななみ》はさけびつづけました。

「もんくがあるなら、ちゃんと目を見ていえ――。陰《かげ》でこそこそ笑《わら》うな――！」

けっきょく、のどがからからになるまで、どなりつづけました。

「どうだい。ちょっとはスカッとしたかい？」

「うん。した。した。胸《むね》につっかえていたものが、小さくなった。ありがとう。元気づけてくれたんだね」

「特別《とくべつ》だぞ。おれは、とっておきの場所は、あまり人にはおしえねぇんだ。おまえの他《ほか》につれてきたのは、ナツだけだ」

クマハチは、うしろ足で耳のうしろを思いっきりかきました。

「うわっ、夏葉《なつは》さんとはデート？」

「そうだな。夕焼《ゆうや》けのときにきたんだ。この線路、ちょうど西をむいているだろ。だから、夕ぐれどきは、かくべつにきれいなんだ。大きくひろがった空いちめん、オレンジ色にそまる。雲の白いところと、オレンジ色のところと、まだ青いところとが、うまいぐあいにまじりあって、これしかないって、絶妙《ぜつみょう》な色合いをかもしだす」

「夏葉《なつは》さん、よろこんだでしょ？」

「ああ。うっとりと夕焼《ゆうや》けを見て『このしゅんかんを切りとって絵はがきにしたい！』っていったんだ。その横顔がかわいくてな。ナツのことが好《す》きだって、初《はじ》めて打《う》ちあけたのも、そんときだ」

「とびきりいい話だね」

七海《ななみ》はにこっとしながら、線路の上にひろがる空をもういちど、見あげました。

ここにならんで夕焼《ゆうや》けを見ている、カップルのすがたが頭にうかびます。ひとりは着物すがた。ひとりはビーチサンダル。それでも、それは絵になる気がしました。

同じ夢《ゆめ》を持っているふたりだから、服装《ふくそう》がちぐはぐでも、心はつながっています。

「わたし、今はスカッとしてる。けれど、ここでさけぶだけじゃ、だめだよね」

「ん？　なんでだ？」

「わたしの現実《げんじつ》は、解決《かいけつ》していないもの。こずえにもクラスのみんなにも、なにも伝《つた》わっていない。やっぱり、絶交番長《ぜっこうばんちょう》じゃないって、わかってもらわなきゃ」

「それそれ！　よく自分で気がついたな」

「まだ、実行する勇気《ゆうき》はでないけど……」

「いや、気づいただけで、えらい。一歩も二歩も前進だ！」

「ありがとう。大福《だいふく》のおかげだよ」

七海《ななみ》は身をかがめて、クマハチをかかえあげました。そして、たっぷりお肉がついてるあごのあたりをなでてあげます。

「おう。じゃ、帰ろうか……、あれ、ゴホ……、ゴホ……ゲ、アアア」

「あれ、大福《だいふく》、その声？」

「ううん。急にのどが……。ね、ねこなのにむりして大声をだしすぎちまったかな」

クマハチが背中《せなか》をゆらして、なんどもかわいたセキをくりかえしました。

「たいへん。すぐに帰ろう。のどあめ、なめるといいよ」

七海《ななみ》はクマハチをだきあげたまま、急ぎ足できた道をもどります。

「あっ」

陸橋《りっきょう》の階段《かいだん》をおりたところで、七海《ななみ》は足を止めました。ちょうど、陸橋《りっきょう》からはなれること三つ目に、オレンジ色の四階建《だ》てビルがあります。その一階のラーメン屋さんが目に入りました。

「『玉ちゃんラーメン』、渡辺《わたなべ》さんの家が見える。ここだったのか」

きたときは、お店がしまっていたため、気がつかなかったのです。

「ほう、あの赤い看板《かんばん》のところか」

『餃子《ぎょうざ》がうまい』と、たて看板《かんばん》に書いてあります。

「うん。たしか一階がお店で、二階が自分の家だって聞いてる」

「かなり混《こ》んでるな。こりゃ、ラーメンとにんにく入り餃子《ぎょうざ》のにおいがするわけだ」

お昼が近いので、五人のお客さんが外にならんでいます。

「人気店だから、おとうさんもおかあさんも忙《いそが》しいんだって。あれ？　大福《だいふく》、聞いてる？」

「あっ、う、うん。ごめん。七海《ななみ》にだいてゆすられたら、気持ちがよくて、ものすごくねむくなっちまった。ねこはねむらないと力がでないんだよ。ふわっ」

大福《だいふく》はおおあくび。

「じゃ、早く帰ろう。家でおひるね」

「いやいや。それじゃ、まにあわん。ここらでおろしてくれ。そのへんのしげみで、ひるねする」

「だいじょうぶ？　ここで」

「うん。いい、早く」

七海《ななみ》はいわれるままに、クマハチを地面におろしました。

「心配するな。ねむれば元気になる」

「ほんとうに、ここでいいの？」

しかし、答えのかわりにまた、ふわっとあくび。

「いけねえ。もう、まぶたがくっつきそうだ。またな。ちゃんとひとりでも帰れるから、心配するな、おやすみ」

ちょうど陸橋《りっきょう》のそばに、小さな広場があり、通行人が休めるベンチがありました。

クマハチはその下にもぐりこみ、くるりと丸くなって目をとじました。

9 幽霊《ゆうれい》の心のこり

「ちゃんとひとりでも帰れるから、心配するな」って、たしかに大福《だいふく》はいいました。

なのに、その日、クマハチはもどってこなかったのです。

七海《ななみ》は、心配でたまりません。だいたい、交通事故《こうつうじこ》にあいかけたねこです。ドジなことをして、けがでもしていたらと思うと、いてもたってもいられません。

けど、ママとパパは、あんがいけろっとしています。

「ねこなんだから、一日くらい、いなくなることもあるさ」

ママやパパが子どもだった時代は、ねこはもっと自由気ままにさんぽをして、それでも帰ってきたそうです。

「明日になれば、もどってくるわよ。だいじょうぶ」

自信《じしん》たっぷりのママの言葉を信《しん》じて、七海《ななみ》はつぎの朝をむかえました。

土曜は、学校がない日なので、クラスのことは考えなくてもすみます。しかし、今度は帰ってこないクマハチが心配。

朝ごはんを急いで食べると、七海《ななみ》は、そよかぜ公園までクマハチをさがしに行きました。あずまやの中、ベンチの下までかがんでのぞいて見ました。

でも、うす茶のしまで、ほっこりしたお腹《なか》のデブねこは、どこにもいません。

さらに、陸橋《りっきょう》までさがしに行こうかとまよっていると、ママが七海《ななみ》をむかえにきました。

「病院まで、おじいちゃんのお見舞《みま》いに行くけど、いっしょに行かない？

おじいちゃん、よろこぶよ」

「でも、クマハチが心配。帰ってきて、家に入れないとこまる」

「だいじょうぶよ。パパが留守番《るすばん》してくれるから。

戸を少し開けておけば、クマハチも入ってこれるでしょ。おじいちゃん、月曜日には手術《しゅじゅつ》だっていうから、七海《ななみ》が会いに行って、元気づけてあげてよ」

そういわれれば、七海《ななみ》も会いたい気がしてきました。

七海《ななみ》のことをすごくかわいがってくれる、大好《だいす》きなおじいちゃん。クマハチにとりついてる幽霊《ゆうれい》の大福《だいふく》のことなど、話したいことがたまっています。

クマハチのことは、ひとまず仕事がお休みのパパにまかせて、七海《ななみ》はお見舞《みま》いに行くことにしました。


おじいちゃんの病院までは、ママの運転する車でむかいました。

「七海《ななみ》、よくきたな。会いたかったぞ。看護師《かんごし》さんは検査《けんさ》だからと、血ばっかりとりよる。この病院には吸血鬼《きゅうけつき》がひそんでいるんじゃないかと、あやしんでいたところだ」

おじいちゃんは、こんな冗談《じょうだん》をいうほどよろこんでくれ、病室の人や看護師《かんごし》さんにまで、七海《ななみ》をじまんの孫《まご》だと紹介《しょうかい》しました。

七海《ななみ》は恥《は》ずかしくて顔が真っ赤。でも、おじいちゃんがうれしそうなので、きてよかったと思いました。

「そうか、クマハチが帰ってこないか……。まあ、そんなに心配するな。そういうことはよくある。ひょっこりもどってくるさ」

クマハチの心配も、きっぱりとなだめてくれました。

「ところで、ママさん。すまないが買い物、たのみたいんだ」

おじいちゃんにいわれ、ママは近くのスーパーにでかけることになりました。ママがいなくなると、おじいちゃんは、にやっとしました。

「これで、ふたりっきりじゃな。秘密《ひみつ》の話もできるぞ」

おじいちゃんは七海《ななみ》を、病院の屋上に案内《あんない》してくれました。ベンチにならんですわると、おじいちゃんは口を開きます。

「そっちの家に行ってから、クマハチはどうしてる？　おかしなことはないか？」

「それそれ！　わたしも聞いちゃったの。クマハチには落語家の幽霊《ゆうれい》がついているんでしょ？」

おじいちゃんは、口をぽかーん。七海《ななみ》の顔をまじまじと見ます。

「大福《だいふく》が自分からしゃべったのか！　それはさぞかし、ぎょうてん、しただろな」

「ふふふ。すぐには、信《しん》じられなかったよ」

そよかぜ公園で、大福《だいふく》にいきなり話しかけられたことから、夏葉《なつは》さんに会いに行ったことまで話しました。おじいちゃんは腕《うで》をくんで、うんうんと何回もうなずきました。

「せつないのう。命をおとすというのは……。わしみたいな年よりだって、手術《しゅじゅつ》してさえ、もっと生きていたいと思うのに、大福《だいふく》はほんとうに気の毒じゃ。その夏葉《なつは》さんてお人もな」

七海《ななみ》もうなずき、ポシェットから、チケットを二枚《まい》、とりだして見せました。

「これ、夏葉《なつは》さんからもらったの。おじいちゃんといっしょにきてほしいって。夏葉《なつは》さん、大福《だいふく》の事故《じこ》のショックで、ずっと落語ができないでいたんだけれど、このままじゃいけないと思って、がんばることにしたんだって。なんていったかな？　演《えん》じる落語のタイトルは、ええと……、たしか大福《だいふく》が一番とくいだった幽霊《ゆうれい》がでてくる落語だけど……」

「それなら、『へっつい幽霊《ゆうれい》』じゃないか」

「それそれ。有名なの？」

「ああ、大作だぞ。へっついっていうのはな、昔のかまどのことだ。関西《かんさい》じゃ、『かまど幽霊《ゆうれい》』という演目《えんもく》で演《えん》じられておる」

「かまど？」

「はあ、七海《ななみ》、おまえ、かまどもしらないのか？」

おじいちゃんは、「現代《げんだい》っ子だね」と、自分のおでこをぴしゃっとたたきます。

かまどというのは、料理《りょうり》をするための器具《きぐ》で、土をかためてつくってあり、下に薪《まき》を入れる穴《あな》があいているそうです。

　そのかまどのことを、昔はへっついともよんだそうで、ガス台か、小さな暖炉《だんろ》を思いうかべろと、おじいちゃんはいいました。

「ガスも電気もないころだ。江戸時代だから、二百年も前かな？　落語はそのころに演《えん》じられた

ものが、人から人へ伝《つた》わって今も演《えん》じられている」

「ふーん。すごく昔からあるんだね。それで、その『へっつい幽霊《ゆうれい》』ってどんな話？」

「ちと、長いぞ。昔、古道具屋《ふるどうぐや》にへっついが売られていた。買うとなぜか三両《りょう》がもらえるという。このへっついには、幽霊《ゆうれい》がついていて、夜になるとばけてでる。ふつうには売れない。店にもおいておきたくない。それで、おまけとして三両《りょう》をつけても、だれかに買ってほしいって考えたんだな。

これを聞いた、長屋の熊公《くまこう》というがめついやろう。幽霊《ゆうれい》がでてもこわくない、三両《りょう》がほしいと、その幽霊つきのへっついをもらうことにした。

だが、根っからのあわてものの熊公《くまこう》。運んで帰るとちゅう、へっついの角をどぶ板にぶつけてこわしちまった。そしたら、なんと中から三百両《りょう》もの銭《ぜに》がでてきたのよ。三両《りょう》の百倍だ。熊公《くまこう》はよろこんだが、それでは終わらない。夜になると、幽霊《ゆうれい》が熊公《くまこう》の前にあらわれて、三百両《りょう》はおれのものだからかえせって、おどかしたんだ」

おじいちゃんは身ぶり手ぶり大熱演《だいねつえん》。

「三百両《りょう》は、もともとは、幽霊《ゆうれい》のお金だったの？」

「そうだ。おっちょこちょいの男が、三百両《りょう》をへっついにかくしたあとに死んでしまった。そいつはお宝《たから》がとられないか心配で、幽霊《ゆうれい》となって、へっついについて見はっていたんだ……、ん？　え、ええええっ……、まて。わしは、今なんていった？」

「幽霊《ゆうれい》が、かくしたお金がとられないか心配で、へっついにとりついていたって、そういったよ。死んでも、よくばりってことだよね」

「よくばりともいうが、心のこりともいうさ。まてよ。幽霊《ゆうれい》、お宝《たから》、心のこり……」

おじいちゃんは、口をぎゅっとつぐむと、まばたきをくりかえします。ひざの上においた手は、パジャマをつかんだり、はなしたり。

「ど、どうしたの。おじいちゃん。どこか痛《いた》くなった？　病室にもどろうか？」

「た、たいへんだ。今、気がついたんだよ。大福《だいふく》のやつは、へっつい幽霊《ゆうれい》だったんだ。なんで今まで気づいてやれなかったのかな」

「どういうことよ？　わかんないよ」

おじいちゃんのしわの奥《おく》の目は、埋蔵金《まいぞうきん》でも見つけたといいだしそうに見ひらいています。

「へっつい幽霊《ゆうれい》ではな、かまどにかくしたお宝《たから》が心配で、幽霊《ゆうれい》はかまどを見はっていた。大福《だいふく》は、幽霊《ゆうれい》になって飼《か》いねこのクマハチにとりついた。なぜならクマハチにあずけたお宝《たから》が心配だからよ」

「うそーっ、そんなわけないでしょ」

七海《ななみ》は頭を横にふって、笑《わら》いました。生きてるねこに、お宝《たから》なんてかくしようがありません。

「今、思いだしたんだ！　クマハチを助けたとき、首輪《くびわ》にな。指輪《ゆびわ》がひっかけてあった。高そうな指輪《ゆびわ》だった。わしは、首輪《くびわ》ごと、その指輪《ゆびわ》をはずしたんじゃ」

おじいちゃんが助けたとき、クマハチは傷《きず》ついて、ぐったりしていたといいます。首輪《くびわ》もきつそうに見えたので、すぐにはずしてズボンのポケットに入れ、あわてて病院にむかったそうです。

あとでその首輪《くびわ》を見たら、鈴《すず》がついてる金具のところに、指輪《ゆびわ》もついていたのですが、今まですっかりわすれていたと、そういうのです。

「じゃ、そ、それって、大福《だいふく》が夏葉《なつは》さんにあげるはずの指輪《ゆびわ》ってこと？　もしかして婚約指輪《こんやくゆびわ》？」

七海《ななみ》は必死《ひっし》に頭をめぐらせました。バラバラだったパズルがあわさっていくように、胸《むね》がドキドキたかなります。

「つながったよ。おじいちゃん。大福《だいふく》が事故《じこ》のあと、夏葉《なつは》さんにむかって『クマハチ、クマハチ』といったのは、クマハチにつけた指輪《ゆびわ》をわたしたかったのよ」

「それなら、早く指輪《ゆびわ》を見つけて、大福《だいふく》に伝《つた》えてやらなければな。それにしても、自分のとくいな落語の筋《すじ》のとおり、幽霊《ゆうれい》になって、指輪《ゆびわ》を守ろうとしたなんて、大福《だいふく》らしいな。そして、そのことをわすれちまうというのも、ずいぶんまぬけで、落語っぽいな」

おじいちゃんと七海《ななみ》は、ふふふとひとしきり笑《わら》いあいました。けど、おじいちゃんだって、指輪《ゆびわ》のことをわすれていたのですから、大福《だいふく》ばかりもせめられません。

「おじいちゃん、どこにその指輪《ゆびわ》をしまったの?」

「えーと、どこだったたっけな。たしか、通帳を入れてある、ひきだしだと……」

「わかった。さがすからまかせて」

その指輪《ゆびわ》が見つかれば、夏葉《なつは》さんも、大福《だいふく》のことを見なおすでしょう。あの夏葉《なつは》さんがほっこり笑《わら》う顔が見られると思うと、七海《ななみ》は胸《むね》の奥《おく》がじんわりあたたかくなる気がしました。

10 見つけた！

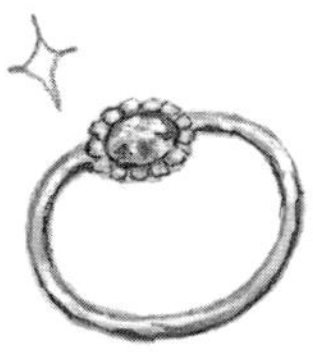

七海《ななみ》は病院にお昼すぎまでいました。おじいちゃんと別《わか》れた帰り道、ママの車はおじいちゃんの家にむかいます。読みたい本を持ってくるのをわすれたので、とってきてほしいといわれたからです。

「まったく、おじいちゃんは、ママさん、ママさんって、たのみごとばかりね。こっちも忙《いそが》しいのに」

ママはブツブツ。でも、七海《ななみ》には好都合《こうつごう》。クマハチの首輪《くびわ》についていたという、指輪《ゆびわ》をさがせます。

おじいちゃんの家に着き、中に入ると、七海《ななみ》とママは「あれっ」と顔を見あわせました。やけにすずしいのです。

「まさか、どろぼう？」

「やだ、こわいこといわないで。おじいちゃんが、エアコンをけしわすれたのよ」

そんなことをいいあいながら、おそるおそる居間《いま》のドアを開けて、七海《ななみ》もママも、目をむいてかたまりました。それから、一拍《ぱく》おいて、ぷっとふきだしました。

エアコンがとどくすずしいところで、クマハチが大の字になり、くたっとねころんでいます。となりにキャットフードの空袋《からぶくろ》がころがっています。

クマハチは白いお腹《なか》を見せて、とても気持ちよさそう。これぞ、ごろねって感じ。でも、七海《ななみ》たちの笑《わら》い声《ごえ》に、「にゃん」といってとびおき、キョトンとした顔をむけました。

「クマハチ！　こんなところにいたの？」

ママが最初《さいしょ》にとびついて、だきあげてぎゅうぎゅうとほおずりします。

「ねこは家につくっていうから、うちより、こっちのほうがよかったのかしら」

ママはクマハチをひとしきりなでまわすと、七海《ななみ》にわたしてくれました。

七海《ななみ》もやわらかな体に顔をくっつけます。ずっしりおもくモフモフしたさわりごこち。クマハチがぶじでよかったって、体じゅうをなでまわし、ついでにあちこち、くすぐってやりました。

「にゃにゃにゃーっ」

クマハチは、七海《ななみ》のひざの上であばれまわります。

「七海《ななみ》は、クマハチと気があうのね。用をすますから、ここでまっていてね」

ママは、おじいちゃんにたのまれた本をさがすために二階へ。七海《ななみ》はクマハチの顔をのぞきこみます。

「エアコンをつけたの、大福《だいふく》でしょ？」

クマハチはうしろ足で耳のうしろを、いきおいよくかきました。大福《だいふく》がごまかしたいときやてれくさいときにするしぐさです。

「こっちはものすごく心配して、近所をさがしまわったのに、クーラーの中でのんびりねてたのね」

「悪い悪い。けどな、おれだってがんばったんだ。『幽霊《ゆうれい》にしかできない、すごいこと』をしたんだぜ」

「ほんと？　なんだろう。けど、こっちだって、ものすごーい発見があったのよ。そうだ。さがさなきゃいけない、大切なものが

あるの。ママが帰ろうっていいだす前に。だから、その話はあとね」

七海《ななみ》は、おじいちゃんが通帳を入れているという、仏壇《ぶつだん》の下のひきだしを開けてみました。しかし、指輪《ゆびわ》らしきものは見あたりません。

「どこだろう?」

早くしないと、ママがおりてきてしまいます。

「なにしてる? じいさんは、大切なものは、冷蔵庫《れいぞうこ》にしまっていたぞ。このごろ、わすれっぽいから、そこが一番安心すると」

「冷蔵庫《れいぞうこ》?」

七海《ななみ》が、さっそく冷蔵庫《れいぞうこ》を開くと、「大切なもの」と書かれた半とうめいなケースがありました。中をさがすと、通帳や書類《しょるい》の間から、赤いものが光りました。とりだすと指輪《ゆびわ》です。

「あった!」

金属《きんぞく》のところはシルバーで、アサガオのタネくらいの赤い石が、ひとつ、きらりとついています。

「ああっ、それってまさか!」

クマハチが人間のようにごくりとつばをのむのが、わかりました。

「そうよ。そのまさかよ」

七海《ななみ》は、指輪《ゆびわ》のうらを見ました。『TO NATSUHA』とほってあります。思ったとおり、夏葉《なつは》さんへの指輪《ゆびわ》です。

クマハチは、くんくんとにおいをかぎ、ぺろりと指輪《ゆびわ》をなめました。それから、ヒゲをピンとたてて、まん丸の目で七海《ななみ》を見つめます。

「その指輪《ゆびわ》、おれが金をかきあつめて買って、ナツにわたすはずだった婚約指輪《こんやくゆびわ》じゃねえか。こ、この赤いちぃちぇ石、しっているか？ ルビーっていうんだ。七月の誕《たん》生石《じょうせき》だとよ。恥《は》ずかしいけどさ。金がたりなくて、ジュエリーショップでまけてくれってたのみこんだんだよ。なつかしいな——」

大福《だいふく》は、指輪《ゆびわ》をしてみろと七海《ななみ》にいいました。

七海《ななみ》の指では大きすぎて、親指にちょうどあうくらい。赤い石がきらりと光って、とてもすてきです。

「おれ、この指輪《ゆびわ》、どうしたんだっけ？ ナツとけんかしたあと、わたさないといけないとなやんでいた。それで、ああ、そのさきが思いだせねぇ……」

クマハチはまた、耳のうしろをかきました。それから、あれっというように鼻にしわをよせて、七海《ななみ》のほうを見あげます。

「おれがすっかりわすれちまって、話してもねぇ指輪《ゆびわ》のことを、なんで七海《ななみ》がしってるんだ？」

「ふふふ。それはね。『へっつい幽霊《ゆうれい》』がヒント。そのストーリーを聞いていたら、おじいちゃんがひらめいたの。大福《だいふく》は、『へっつい幽霊《ゆうれい》』ならぬ、『クマハチ幽霊《ゆうれい》』だってさ。クマハチにつけたお宝《たから》が心配で、幽霊《ゆうれい》になったんだって」

「クマハチ幽霊《ゆうれい》？　おれが？」

クマハチのヒゲや耳やしっぽが、びっとのびました。

「おっと、思いだしたぞ。おれ、車にぶつかって大けがをした。けど、救急車《きゅうきゅうしゃ》がくるまで、まだ体が動かせた。だから、指輪《ゆびわ》をどうにかしなければと思って、救急車《きゅうきゅうしゃ》をよんでくれた人に、指輪《ゆびわ》をさしだして、たのんだんだ。あのねこの首輪《くびわ》に、この指輪《ゆびわ》をつけてくれって。一生のお願いだって」

「ひえーっ、たのまれた人、びっくりしたでしょ」

「ああ。でも、必死《ひっし》でたのんだから、最後《さいご》にはやってくれたさ。これでナツも見つけるはずだと、そのときは、カッコいいことしたつもりになっていた。でも、すっかりわすれてりゃ、しょうがないな」

「わすれるなんて、落語っぽいって、おじいちゃん、笑《わら》ってたよ」

「ははは。わすれっぽいやろうってのは、落語の中によくでてくるからな。ははは。こりゃいいや」

そこまで話したところで、ママが二階からおりてきました。

「おまたせ。用事はすんだから帰りましょ。クマハチのこと、パパが心配してるでしょうから、早くしらせてあげなくちゃね」

「うん。もう脱走《だっそう》しないように、ちゃんと見はってるよ。よいしょ。また、おもくなってる。たくさん食べたのね、クマハチ」

クマハチをかかえあげる七海《ななみ》に、ママが、にっこり笑《わら》いかけます。

「七海《ななみ》ったら、友だちと話すみたいにクマハチと話すのね。クマハチのお皿も、持っていきましょう」

ママはクマハチ用のグッズをまとめて、バッグにつめました。

11 大福《だいふく》の幽霊《ゆうれい》作戦

七海《ななみ》はぶじ、クマハチ（大福《だいふく》）と再会《さいかい》できて、ほっと安心しました。

しかし、どうして大福《だいふく》は、ひとばん、帰らずに、おじいちゃんの家にいたのでしょうか。それにはわけがあったのです。

時間は、七海《ななみ》と大福《だいふく》が陸橋《りっきょう》のそばでわかれたときにさかのぼります。

ベンチの下にもぐりこんだクマハチは、その場ですぐにねむってしまいました。

「おお、よくねた」

あくびしながら、目を開けると、もう、日がくれるころでした。

「いけねえ。早く帰らなきゃ、七海《ななみ》が心配するな」

家にむかって、歩きだしたときです。

「玉ちゃんラーメン」のあるビルの入り口付近に、制服《せいふく》すがたの女子中学生が五人、たむろしています。どの子もなんだか目つきがけわしくて、制服《せいふく》の着かたもくずして

いるので、よけて通ろうとしました。けど、その中のひとりが、クマハチに気がつき、手まねきしました。その手には、あつあつのフライドポテト。ハンバーガー屋さんにある、あれです。

ちょうどお腹《なか》がすいていたこともあり、そのポテトの誘惑《ゆうわく》にかてませんでした。中学生は、ポテトをくれると、クマハチをだきあげてなでまわします。

「ふふふ。このねこ、デブでへんな顔」

「ほんと、ブサねこだね」

「さわりごこちはいいよ。ほらほら」

好《す》きなようにさわらせていると、中学生たちは、いろんな話をしだしました。

「あやね、でてこないね。あたしらに会いたくないのかな」

「ダンスの練習も連絡《れんらく》なく休んでさ。ちょっとなまいきじゃない」

そういった子は、マンションの二階を見あげます。大福《だいふく》はピンときました。あやねというのは、「玉ちゃんラーメン」の渡辺《わたなべ》あやねのこと。この不良《ふりょう》っぽい中学生は渡《わた》辺《なべ》さんをまっているのです。

これは、情報《じょうほう》をえないとと、大福《だいふく》は、耳をすましました。

「ふん。どうせ『ミライ☆キッズ』のチケット、手に入らなかったんじゃない。せっかく、なかよくしてやったのにさ」

一番背《せ》の高い中学生が、はきだすようにいいました。ショートヘアーで鼻筋《はなすじ》がすっとおった目だつ顔だち。手や足も長くスタイルもいい。この人が、グループのリーダーのようです。

「ダンスもうまいわけじゃないのに、うちらのチームにさそってやったのに、恩《おん》しらずだね」

「これでチケットまで、手に入らなかったら、ふざけんなって感じだよね。かわりのものをなにか、もらわなきゃ」

「サインだけでも」

「いいことというじゃん」

リーダーがくちびるのはしをひきあげて、うふふって笑《わら》いました。

（なんか、ヤバそうな空気）

大福《だいふく》は、急いで中学生たちからはなれました。

でも、渡辺《わたなべ》さんのことが気になるので、近くの歩道にあるツツジの植えこみの下にもぐり、じっと中学生を見はることにしました。

トントン　トントン

しばらくすると、階段をおりる足音が聞こえ、マンションの入り口から女の子がでてきました。渡辺《わたなべ》さん、本人です。つやつやのロングヘアーがチャームポイント。中学生たちにくらべると、おとなしそうなふんいきで、子どもっぽく見えます。そのときもおどおどと近づき、か細い声でいいました。

「ごめん。先輩《せんぱい》。またせてしまって。もう一回、こずえにメールしてたのんでみたけど、チケットは手には入らないって。抽選《ちゅうせん》であたった人しか行けないんだって。どんなにたのんでもだめだったの」

するとリーダーは、そばにあった、マンションのゴミばこを足さきでけりました。


ガシャン！


渡辺《わたなべ》さんはびくっと体をゆすり、あとずさり。

「って、せっかくこずえってやつと、七海《ななみ》ってやつをはなすようにアドバイスしてやったのにさ。それでも、もらえないですむのかよ。それだけ？　サインは？　サイン入りタオルは？」

渡辺《わたなべ》さんは、手で顔をおおいます。

「そ、それももらえない。こずえはまじめだから、そういうこと、おとうさんにたのめないっていうの。ほしかったら、抽選《ちゅうせん》にもうしこんでって。ズルはできないって」

「じゃ、こずえって子も、いじめちゃえば。前の子はなんだっけ？　絶交番長《ぜっこうばんちょう》って書いたんだよね。じゃ、こずえは、いい子番長とかにする？」

「それはできない。だって、七海《ななみ》は学校、休んじゃったんだよ。もう、これ以上《いじょう》、できないよ」

「おじけづくなよ。七海《ななみ》って子も、けろっとして、すぐでてくるよ。元気なやつだって、いってたじゃん」

「だけど、もうムリだよ。わたし、夜、ねむれないんだもん。学校でも胸《むね》がドキドキして……。サイン入りタオルは、わたしが抽選《ちゅうせん》のはがきをいっぱい書いて、なんとか用意するから、それでゆるして」

渡辺《わたなべ》さんは「お願い」と手をあわせて、ぺこぺこと頭をさげました。

「どうする?」

「しかたない。サイン入りタオルでゆるしてやるか」

リーダーの先輩《せんぱい》が、渡辺《わたなべ》さんの頭をやさしくなでました。

「いうこと聞いてたら、怒《おこ》らないからね。これからも、いい子ちゃんでいなよ」

「ダンスのチーム練習、休むな。ステップ、わすれちゃうぞ」

「それに、休んでも、今日《きょう》みたいに会いにくるからね」

リーダーが歩きだすと、他《ほか》の四人もあとをついて帰っていきます。渡辺《わたなべ》さんは、力がぬけたようにへなへなと電信柱《でんしんばしら》によりかかりました。

「どうしよう」

渡辺《わたなべ》さんが大きなため息とともに、つぶやきます。植えこみから顔をだし、そのすがたを見あげながら、大福《だいふく》は、ひとり納得《なっとく》していました。

渡辺《わたなべ》さんって子は、根っからの悪い子ではなさそうです。ダンスチームの先輩《せんぱい》たちのアドバイスにのってしまって、いじわるをしてしまったみたい。

今は後悔《こうかい》しているのか、とても暗い顔をしています。

大福《だいふく》はそっと植えこみからぬけだすと、渡辺《わたなべ》さんの足もとにすりよります。

にゃーん

「ねこちゃんだ。このあたりでは見ない顔だね、おまえ」

渡辺《わたなべ》さんはかがんで、クマハチをなでようと手をさしだします。

そのタイミングで、大福《だいふく》は話しかけました。できるだけ低い声で、おもおもしくいったんです。

――七海《ななみ》は悲しんでるぞ。絶交番長《ぜっこうばんちょう》といわれて、苦しんでるぞ――

「きゃっ、なに？」

渡辺《わたなべ》さんは、はじかれたように手をひっこめました。そのおどろいた顔といったら。

大福《だいふく》もいろんな人のおどろいた顔を見てきましたが、そのどれも、今回の渡辺《わたなべ》さんには負けます。このときの渡辺《わたなべ》さんほど、目を見ひらいて、口も開けて、心の底《そこ》からぎょっとした人はいません。

渡辺《わたなべ》さんは少しだけ、首をかしげました。今のはほんとうに聞こえたのか、気のせいなのか、考えているようです。

ちょっとかわいそうだと思いましたが、大福《だいふく》はもうひとことつけくわえます。この子なら、わかってくれると思ったからです。

——あんな先輩《せんぱい》のいいなりになって、恥《は》ずかしくないのかよ——

「ば、ばけねこ。きゃー」

渡辺《わたなべ》さんは、全身でふるえあがって、お店のほうに走って行きました。

「お、おかあさん。助けて」

「こりゃいかん」

大人がでてきたらやっかいなことになると、大福《だいふく》はすたこらとにげだしました。急いで歩道を走ります。背中《せなか》に、「あのねこよ」という渡辺《わたなべ》さんの声が聞こえます。

だから、大福《だいふく》というか、クマハチなのですが、必死《ひっし》で走りました。

角をまがり、古い家のいけがきの下から中ににげこむと、今度はそこにいた犬にほえられました。こりゃ、いかんと横町に入っていったら、そこをなわばりにしているこわいボスねこにおいかけられました。それで、クマハチは運動会でもマラソン大会でもないのに、町じゅうを走りまわるはめになったのです。

やっとだれもおいかけてこなくなってほっとしたときは、もう、体がバラバラになりそうなくらいつかれていました。

「しかたねぇ。あそこで少し休憩《きゅうけい》するか」

つかれきった体をひきずるようにむかったのが、近くのおじいちゃんの家。

「七海《ななみ》のところもいいけど、こっちもいいね」

大福《だいふく》はエアコンのリモコンをさがしだし、スイッチをおし、お腹《なか》いっぱいキャットフードを食べました。そのままねむったり、ごろごろしたりしているうち、朝がきて、昼がきて、七海《ななみ》とママに見つかったと、そういうわけです。

12 タモツと渡辺《わたなべ》さん

さてここで、また話を七海《ななみ》のほうにもどしましょう。

七海《ななみ》はまだ、大福《だいふく》がそんな冒険《ぼうけん》をしたなんて、少しもしりませんでした。さがしだした指輪《ゆびわ》をポケットにしのばせて、ほくほくと家に帰りました。

留守番《るすばん》していたパパは、クマハチを見て大よろこび。

「よかった。よかった」

クマハチをぎゅっとだきしめて、ほおずり。パパがこれほどクマハチを好《す》きだったのかと、ママも目をまるくするほど。

「それで、おじいちゃんのようすは、どうだったかい？」

「うん。わりに元気で、手術《しゅじゅつ》ものりきるっていっていたよ」

「かんたんだといっても、しばらくは絶対安静《ぜったいあんせい》なんですよ。でも、おじいちゃん、安《あん》静《せい》なんてできるのかしら」

「落語を聞かせれば、しずかにしてるさ」

「ははは。その手があったわね」

話しながらも、パパはひざの上からクマハチをおろそうとしません。

七海《ななみ》は早く大福《だいふく》から、昨夜《さくや》、なにがあったのかを聞きだしたいのですが、よろこんでいるパパを見るとそうもいいだせません。

そのとき、ピンポーンと、玄関《げんかん》のチャイムがなりました。

「だれかな？　見てくる」

インターホンのモニター画面を見ると、なんとタモツと渡辺《わたなべ》さんがならんで立っていました。意外なペアです。

「なに？　どうしたの？　いきなり」

「あのさ。渡辺《わたなべ》が話があるっていうんだ。ひとりで話しに行けないから、いっしょにきてくれっていわれてさ」

インターホンごしに、タモツがいいます。

七海《ななみ》は、どうしようってまよいました。だって、渡辺《わたなべ》さんです。七海《ななみ》に手紙を書いた、犯人《はんにん》かもしれない人。

でも、パパのひざからおりて、足もとによってきたクマハチは、あごをくいっと動かして、行けって合図《あいず》。

「わかった。今、カギ、開けるから」

七海《ななみ》が玄関《げんかん》を開けると、タモツは「やあっ」て手をあげました。渡辺《わたなべ》さんは、うつむいていて、表情《ひょうじょう》が見えません。七海《ななみ》は用心しながら、門のところまですすみました。

「渡辺《わたなべ》が、あやまりたいっていうからさ。絶交番長《ぜっこうばんちょう》のこととか……」

「ごめんね。七海《ななみ》ちゃん」

顔をあげた渡辺《わたなべ》さんは、なんと目が真っ赤。おびえたようにくちびるがふるえています。

「こんな大ごとになるって思わなかったのよ。少しのあいだだけ、こずえちゃんと七《なな》海《み》ちゃんがはなれていてくれたら都合いいって、そのくらいのつもりだったの」

渡辺《わたなべ》さんは、つっかえつっかえ、涙《なみだ》をふきながら、事情《じじょう》を話しはじめました。

まず、最初《さいしょ》にまずかったのは、ダンスの教室の先輩《せんぱい》に、クラスメイトのこずえのおとうさんがテレビ局につとめてるんだって話してしまったこと。

先輩《せんぱい》とその仲間《なかま》は、その子と友だちになりなさいと、大もりあがり。テレビ局の関係者《かんけいしゃ》なら、「ミライ☆キッズ」のチケットを優先《ゆうせん》してもらえるはずだというのです。

しかし、渡辺《わたなべ》さんは、「こずえちゃんにはアイドルがきらいな七海《ななみ》ちゃんって親友がいて、そういうの、たのめない」と、七海《ななみ》のせいにしてことわりました。それしか、ことわりかたがわからなかったそうです。

そしたら先輩《せんぱい》は、七海《ななみ》が原因《げんいん》でうまくいかないんだと思いこみ、「そのふたりをひきはなせばいい」と、つげ口の手紙を書くようにと悪知恵《わるぢえ》をふきこんだそうです。パソコンの手紙なら、だれが書いたか絶対《ぜったい》にわからないからと。

「いけないことだって、わかってたのよ。けど、先輩《せんぱい》のダンスチームはうまい人ばかりで、地区で優勝《ゆうしょう》もしていて、せっかくそこにえらんでもらったから、やめたくなかったの。だから、つい……」

「信《しん》じられない。絶交番長《ぜっこうばんちょう》も？」

「ごめんなさい。でも、傷《きず》つけようなんて思いはなかったのよ。あいづちをうつように、書いただけだから。こんなふうになるなんて考えもしなかった」

すごく軽い気持ちで、『小西七海《こにしななみ》って絶交番長《ぜっこうばんちょう》だよね』って書いちゃったのが、思いのほかウケて、ひろまってしまったとか。

――元気がよくて、声も大きくて、絶交番長《ぜっこうばんちょう》、ぴったりだよね。

――ほんと、ウケる～～。七海《ななみ》、絶交番長《ぜっこうばんちょう》。要注意《ようちゅうい》。

――五年の絶交番長《ぜっこうばんちょう》、天然《てんねん》パーマで目が大きい子だって。

――かかわると、絶交《ぜっこう》されるんだって。

――絶交番長《ぜっこうばんちょう》、おっかない。

――口きくと、絶交《ぜっこう》がうつる……。

そんなふうに、あることないこと尾《お》ひれがついていきました。まるで、言葉のひとり歩き。

だれもそれが真実かどうかなんて、考えません。七海《ななみ》がどう思うか、七海《ななみ》が傷《きず》つくかなどを考える余裕《よゆう》もなく、『絶交番長《ぜっこうばんちょう》』という言葉のひびきのおもしろさと迫力《はくりょく》につられて、スマホからスマホへひろがっていきました。

「それって、こわっ。芸能界《げいのうかい》の話題みたいだな。小学校ではそういうの、ないと思ってたのに」

タモツが顔を左右にふります。

七海《ななみ》も足もとがくずれていくような、気持ち悪さを感じました。うわさっておもしろおかしい方向に、ひろがっていくようです。いわれたほうの気持ちは少しも考えずに。事実かどうかも関係《かんけい》なく。

「ごめんなさい。七海《ななみ》ちゃんは元気いっぱいだから、その……、ちょっとくらいへこんでも、だいじょうぶかなって思ってしまったの。だから、ごめんなさい」

「ひどい！　元気だからって、だいじょうぶなわけないじゃない！　わたし、つらかったんだよ。平気そうに見えたかもしれないけど、平気じゃなかったんだよ。学校、行けなくなったんだよ」

「もうしません。絶対《ぜったい》。やりません」

渡辺《わたなべ》さんは、ポケットからハンカチをだすと目もとにあて、鼻をすすりはじめます。

七海《ななみ》は奥歯《おくば》をかみしめました。

この数日間のつらさを思うと、泣《な》かれたからって、「いいよ」とはいえません。

どんよりおもたい空気が三人をつつみ、しばらく三人とも地面を見つめます。

たまりかねたように、タモツが口を開きました。

「ナナは、怒《おこ》ってとうぜんだよな。そんなことされたら、だれだって学校を休みたくなる。だけどな――渡辺《わたなべ》もくやんでいるんだ。だってさ。昨日《きのう》、自分ちの前で、ねこが話しかけてきたっていうんだぜ？『七海《なな み》は悲しんでるぞ。絶交番長《ぜっこうばんちょう》といわれて、苦しんでるぞ』ってさ。ねこが！」

「ねこって、どんな……？」

七海《なな み》は目をくるんとまわします。タモツは頭をかきながらつづけます。

「なんか、こうデブデブのねこだったんだってさ。なっ、そうだろ？」

渡辺《わたなべ》さんはうなずいて、「足がみじかくて、鼻もぺちゃっとしたデブねこ」だといいます。七海《なな み》の口はぽかーんと開いてしまいました。そして、ちらっと家のほうをふりかえりました。それから、あらためてタモツを見ます。

「ありえないだろ？　最初《さいしょ》、冗談《じょうだん》いってるのかって思ったよ。けど、こいつ、まじめだし、どんなに気のせいだ、ねこが話すわけないといっても、聞きまちがいじゃないっていいはるし……」

「だって、うそじゃないのよ。ほんとうにねこがしゃべったの！　信《しん》じられないかもしれないけど、たしかに聞いたのよ。足音もさせずに近よってきて、おっちゃんみたいな声をだしたの。わたし、もう、こわくてこわくて……」

あれはばけねこにちがいないと、渡辺《わたなべ》さんはふるえを止めるように自分の体を両手でだきしめました。それいらい、外にでるのがこわくなり、ねこにおびえていたとか。

「そうだったの」

七海《ななみ》の頭の中で、いろんなことがつながりました。渡辺《わたなべ》さんが出会ったデブねこは、クマハチにちがいありません。大福《だいふく》がいった『幽霊《ゆうれい》にしかできない、すごいこと』がこれなのです。

渡辺《わたなべ》さんがとつぜん、あやまりにきたわけも、おびえたような表情《ひょうじょう》のわけもこれでわかりました。いきなりデブねこが話しだしたら、だれだっておどろきます。自分が不安に思っていることをいいあてられたら、恐怖《きょうふ》を感じるでしょう。

「ねこがおっちゃん声で話すなんて空耳を聞くほど、なやんでこまってるなら、あやまっちまえって、おれ、すすめたんだ」

そういうタモツの横で、まだ、渡辺《わたなべ》さんは鼻をすすっています。

『ミライ☆キッズ』のチケットも手に入らないし、先輩《せんぱい》にはつらくあたられるし、最悪《さいあく》。けっきょく、先輩《せんぱい》はわたしを利用しようとしただけ。そんな先輩《せんぱい》たちのために、なんであんなこと、しちゃったんだろう。あのときは、どうかしていたんだ……」

七海《ななみ》はこまってしまいました。ゆるせない気持ちはきえません。

でも、目の前の渡辺《わたなべ》さんは、おびえてるし、心から反省《はんせい》しているように見えます。

「こずえはこのこと、しってるの？」

「まだ、話していないの。話さないといけないとは思うんだけど……。もしよかったら、七海《なな》ちゃ《み》んからいってくれないかな？　ほら、前は七海《ななみ》ちゃんと、すごくなかよかったじゃない？」

お願いって渡辺《わたなべ》さんは、手をあわせます。

「ええ――っ」

絶交番長《ぜっこうばんちょう》なんてうわさをひろげたくせに、なんだかズルいです。むすっとしたままだまっていると、ママが玄関《げんかん》を開けて、でてきました。

「七海《ななみ》。こんな道ばたで話さないで、あがってもらいなさい。おやつでも食べてもらいなさいよ」

ママが手まねきして、どうぞとさそいます。でも、渡辺《わたなべ》さんは、とんでもないと首をふりました。

「いいです。これから、うちの手伝《てつだ》いがあるので、失礼《しつれい》します。七海《ななみ》ちゃん、ほんとうにごめんね。月曜日は学校にきてね」

渡辺《わたなべ》さんは、ぺこんと深くおじぎをすると、あわてて帰ってしまいました。

「おれも。ランニングのとちゅうだったから、すぐに行きます。明日、試合《しあい》があって」

タモツも手を横にふりました。

「今の子はみんな、忙《いそが》しいのね。そういう理由ならひきとめられないわ。また、今度、遊びにきてね」

ママは残念《ざんねん》そうに、さきに家に入っていきます。

七海《ななみ》は、タモツとあらためてむきあいます。

「試合《しあい》の前だったのに、きてくれたんだね。試合《しあい》、がんばってね」

「ゴール、びしっと決めてやるよ。それより、ナナ、よくがまんしたよな。さすがナナだって思ったよ」

「えっ？」

「おれ、もっと大げんかになるかと思ってた。つかみあいになったら、どうしようかって、びくびくしてたんだ。ナナはすげぇよ」

「そんな……」

顔をなんども横にふりました。

この数日は、みんなにきらわれているかもって思っていたから、タモツのやさしい言葉が心にしみます。

いつのまにか、七海《ななみ》の背《せ》をおいこしたタモツ。サッカーとゲームにしか興味《きょうみ》がないやつかと思っていたのに、こんなにたのもしくなっているなんて。

「月曜日からは、ちゃんと学校、こいよ。絶交番長《ぜっこうばんちょう》じゃないって、おれが説明《せつめい》してやるから。おれはぜんぶ聞いていたからな」

タモツはドンと胸《むね》をたたきました。

「タモツ。ありがとうね」

「うん。じゃ」

七海《ななみ》は、走っていくタモツの背中《せなか》が見えなくなるまで、手をふりつづけました。

13

なかなおりのひけつ

「クマハチ、クマハチ！　どこ？」

家にもどると、七海《ななみ》はクマハチをさがしました。クマハチは七海《ななみ》の部屋に入り、ベッドにごろんとねころんでいました。

「いた。ここだったの」

七海《ななみ》は、クマハチにとびつきます。

「うわぉ、いきなりくるな。人間は大きいから、こっちはおどろくんだ」

クマハチは、もぞもぞとあばれましたが、七海《ななみ》はむりやりだきあげ、お腹《なか》や背中《せなか》や耳のうしろなど体じゅうをなでまわしました。

「だって、すごいの。クマハチ幽霊《ゆうれい》、成功《せいこう》だよ！　渡辺《わたなべ》さんがあやまりにきたんだよ」

「マジか？　おれの幽霊《ゆうれい》ぶり、よかったんだな？」

「うん。デブねこがいきなりおっさんの声で話したから、すごくこわかったんだって。声がかすれていたから、よけい迫力《はくりょく》あったんじゃない？」

七海《ななみ》は渡辺《わたなべ》さんが話したことを、大急ぎで伝《つた》えました。渡辺《わたなべ》さんは先輩《せんぱい》にいわれるまま、絶交番長《ぜっこうばんちょう》とラインしたのが、あっというまにひろまってしまったことも。

「すぐ伝《つた》わる便利《べんり》な道具が、かえってあだになることもあるんだな」

大福《だいふく》はいつになくまじめな声で、ラインやツイッターなど、いっしゅんで伝《つた》わる道具をつかうときは、慎重《しんちょう》になったほうがいいといいました。

「『おっと、まずった』と思っても、もう、何人にも伝《つた》わっているってことだ。とりけしたって、見られちまったら、心の中にはのこるものな」

七海《ななみ》もうなずきました。ケータイだと相手の顔が直接《ちょくせつ》見えません。面とむかってよりも悪口をいいやすくなります。そのときのノリやいきおいにまかせて書いてしまうこともあるでしょう。

けど、顔を見ていえないことは、やはり、ラインやツイッターにも書いてはいけません。あとで「ごめんね」といってもとりかえしがつかないのです。

「このこと、こずえはまだなにもしらないの。わたしから、話してっていうのよ。なんかズルくない？　絶交番長《ぜっこうばんちょう》ってうわさをひろめたのは、渡辺《わたなべ》さんなのに」

七海《ななみ》は口をとがらせました。

「うーん。まあな……。だが、ものは考えようだ。こずえっていうのは、七海《ななみ》の大切な親友なんだろ？　自分で会って話すのがいちばんいいぞ。なかなおりっていうやつは、かんたんそうでむずかしい。おれは、なかなおりで失敗《しっぱい》したからよくわかる」

「失敗《しっぱい》って、夏葉《なつは》さんのこと？」

「ああっ。ナッと会って、ちゃんとなかなおりすればよかったんだ。けど、そんときはまわりから、ナツがものすごく怒《おこ》ってるだの、なんだのかんだのって聞いちまって、会いにくくなってさ。かってにしろって意地をはっちまってさ」

「なんか、わかるな」

七海《ななみ》も心の中では、思っていました。こずえのほうから話しかけてくれればいいのにって。親友なんだから、わかってくれればいいのにって。

「そうだろ？　へんに意地をはっちまうんだ。だから、大事なことはちゃんと顔を見て、自分の腹《はら》からでた言葉で伝《つた》えなければだめだ。おれたちみたいに、手おくれになる前にな」

「そうか。でも、なにから話そう……」

「そうだな」

　クマハチが足にあごをのせてきたので、七海《ななみ》はあごのところをなでてやりました。ねむくなったのか、クマハチの目が糸のように、細くなっていきます。

「おたがい、楽しい気分になると、しぜんとなかなおりができるもんだ。こずえと遊んで、楽しかったこととか思いだせ。そうすりゃ、なにを話せばいいかうかんでくる。さがせばな、心の中には、けっこう宝物《たからもの》がころがっているもんだぜ」

「ふーん。楽しいことね……」

　しばらく七海《ななみ》は、そのままのしせいでクマハチの頭をやさしくなでました。しだいに

クマハチがおもくなっていきます。どうやら、ねむってしまったみたい。家にもどって、安心したのかもしれません。

七海《ななみ》は、そっとクマハチをだきあげ、いつもねているタオルのベッドまでつれて行きました。

それから、自分のつくえにすわり、ポケットに入れておいた指輪《ゆびわ》をとりだしました。夏葉《なつは》さんにわたすはずだった、赤いルビーの指輪《ゆびわ》です。

「ひとまず、どこかにしまわないと」

大切なものだから、なくさないようにしようと、つくえのひきだしを開けました。くしゃくしゃになったテストや学校からのプリントの奥《おく》に、小さなクッキーの缶《かん》を見つけました。七海《ななみ》の宝物入《たからものい》れです。

ここに入れようと、七海《ななみ》は、缶《かん》のふたを開けてみました。

「うわっ」

セミのぬけがら、キラキラ光るシール、朝つゆをかためたようなとうめいなビーズ、転任《てんにん》された先生にもらった押《お》し花《ばな》のカード……。

小さいころ集めた宝物《たからもの》が入っていました。あのころは、世の中は不思議《ふしぎ》に満《み》ちてい

て、ちょっとしたものでも、かけがえのない宝物《たからもの》に見えたのです。

　しかし五年生になってからは、宿題も多くてあわただしく、宝物《たからもの》を見つけることも、この缶《かん》に入れることもしなくなっていました。

「なつかしい」

　七海《ななみ》は中のものを全部、だしてみました。

　ビーズやシール、かわいい便《びん》せんにまじって、一まい、ノートのきれはしが目にとびこんできました。

　おり目をのばして、ひろげてみます。

〈くつしたの色がちがっても、カッコいいよ。〝長くつ下のピッピ〟みたい！〉

　ていねいなこずえの字で、そう書いてあります。

「ああ、これ、これだ！」

　このメモがきっかけで、七海《ななみ》はこずえとなかよくなったのです。

四年生になったばかりの四月。七海《ななみ》は、あわててハイソックスの右と左、別《べつ》の色をはいて学校に行ってしまいました。

へんなのとみんなに笑《わら》われてへこんでいると、こずえがそっとこの手紙をさしだしてくれました。ピッピをしらなかった七海《ななみ》は、なんのことかとたずねました。

ピッピが有名な童話『長くつ下のピッピ』の主人公の名前で『世界一強い、女の子』というサブタイトルがついてると聞き、すぐにその本を図書室で借《か》りました。

読みはじめると、おもしろさにむちゅうになり、ひとばんで読みおえました。

ピッピはものすごい力持ちの女の子で、サルと馬といっしょに、子どもひとりでくらしています。ピッピのすることはすべて型《かた》やぶりで、前むきで元気いっぱい。おもしろい遊びをつぎつぎ考えます。

ピッピが、おさげの髪型《かみがた》というのも気にいりました。

それを伝《つた》えると、こずえは、ちょっぴりとくいそうに、鼻をふくらまし、笑《わら》ったんです。

「そういうと思った！　だって、ナナちゃん、ピッピとにているもの」

この日から、こずえと七海《ななみ》は、よく遊ぶようになりました。

ふたりでピッピをまねして、長い自分の名前を考えたり、ピッピみたいにうしろむきに歩いたり。宝物《たからもの》もいっぱい見つけました。イチゴみたいに大きなドングリや、ふたごのようにくっついているセミのぬけがら……。

なかよくなると、こずえの性格《せいかく》も、わかってきました。

こずえは本をたくさん読んでいて、空想するのが大好《だいす》き。自分が魔女《まじょ》になったり、ドラゴンになったり、お姫《ひめ》さまになったりする物語を考えては、絵に描《か》いていました。

空想の中だと、悪役をばしばしたおす、カッコいい探偵《たんてい》にもなるのだというのです。

「そうだ。くつしたのまちがいから、なかよくなったんだっけ」

七海《ななみ》は、その日、ひさしぶりに本だなから『長くつ下のピッピ』をとりだしました。

ベッドにねころんで読んでいると、こずえと話したたくさんのことがよみがえってきました。

「なんでわすれていたんだろう。心がまいごになっていたみたい」

その夜は一週間ぶりに、気持ちよくねむりについたのでした。

14 はじまりはくつした

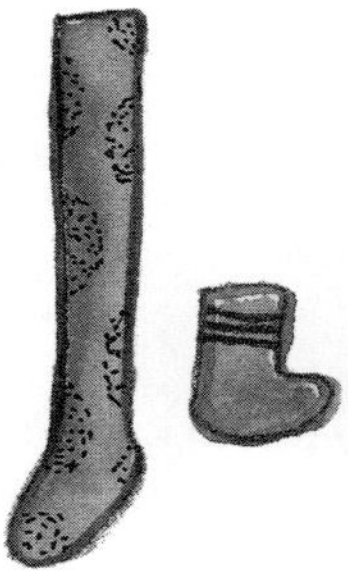

日曜日は、いつもなら、七海《ななみ》はぐずぐずおそくまでベッドにねころんでいます。けど、今日《きょう》は、早おきをしました。

朝ごはんをそっこうでもりもり食べると、玄関《げんかん》にむかいます。

「七海《ななみ》、どこに行くの？　そのかっこうでいいの？」

「いいの。いいの。ちょっとだけ、さんぽに行ってきます」

ママは止めようとしましたが、七海《ななみ》はかまわずでかけました。

七海《ななみ》がむかったのは、こずえの家。

こずえは学校が休みの日には、飼《か》い犬《いぬ》のロンをさんぽにつれて行きます。そこをまちぶせして会おうと、ひらめいたのです。

七海《ななみ》は玄関《げんかん》の横にかくれるようにして、こずえがでてくるのをしばらくまちました。

「行ってきます」

やっとこずえの声がして、ギイーときしんだ音とともに門が開きました。ロンがまずとびだし、リードを持ったこずえがあらわれました。七海《ななみ》はぴょんとこずえの前にとびだしました。ロンがびっくりして、はねあがります。

「おはよう」

とつぜんの七海《ななみ》の出現《しゅつげん》に、こずえは、「あっ」といっておびえたように半歩、さがりました。

「ナナちゃん……」

「おはよう。ねっねっ、見て、これ」

自分のくつしたを指さします。右と左、ちがう色。それも片方《かたほう》はハイソックス、片《かた》方《ほう》は短いソックスです。

こずえは、まばたきしながら七海《ななみ》の足を見ました。それから、顔をくしゃっとさせて笑《わら》いました。

「そ、それ、ピッピだ！」

「そう。こずえとなかよくなったときといっしょだよ」

「あのとき、ナナちゃん、あわてんぼうで、くつしたをまちがえたんだったね」

「今日《きょう》はわざとだよ。絶交番長《ぜっこうばんちょう》をとりけして、こずえとなかなおりしたいと思ったの。ロン、ひさしぶりだね」

じゃれてくるロンの体をなでながら、七海《ななみ》は、昨日《きのう》から考えていたことを話しました。

「あのね……、わたしね……」

つらいことを話すのはむずかしいものです。なんどもつっかえながらですが、こずえと話せなくなったことや、絶交番長《ぜっこうばんちょう》といわれて心がちぢこまってしまったことや、体が動かなくなって学校に行けなくなったことを伝《つた》えます。

こずえは真剣《しんけん》な表情《ひょうじょう》で、じっと聞いてくれました。聞きおわると、

「あたしこそ、あやまらなきゃ」

といって、気持ちをしずめるように、自分の胸《むね》に手をあてました。

「渡辺《わたなべ》さんから、ナナちゃんがあたしの悪口をいってると聞いたの。あたしが足手まといで、思うとおり遊べないって……。あたし、おとなしいからナナちゃんはたいくつなのかって、ショックだったの。そんなとき、ナナちゃんから、いきおいよく絶《ぜっ》交《こう》っていわれたから、やっぱりきらわれたんだって思って……」

「足手まといってなに？　そんなわけないじゃん。でも、それで？」

「あたし、『ナナちゃんが絶交番長《ぜっこうばんちょう》だ』ってひろまってるのもしっていて、なにもできなかった。どんどんひろまっていくのに、止めてあげられなかった」

こずえは、目に涙《なみだ》をうかべて首を左右にふります。

「あたし、いくじなしだった。ナナちゃんのこと、信《しん》じられないなんて、ひどいよね。友だち失格《しっかく》だよね」

「もういいよ。みんなが心をねじまげる悪い魔法《まほう》にかかっていたって、思うから」

七海《ななみ》は顔の前で手を横にふりました。

「悪い魔法《まほう》？」

「うん。遊びでさ、ふたりでいろんな魔法《まほう》を考えたこと、あったよね。おぼえてる？」

「あった、あった。ナナちゃんたら、おならがでつづける魔法《まほう》とか、おかしなものいっぱい考えた」

「こずえこそ。まゆげがくっついちゃう魔法《まほう》とか、給食《きゅうしょく》のグリンピースがテントウムシに変身《へんしん》する魔法《まほう》とか」

顔を見あわせ、ふふふっと笑いあいました。

「ほらね。悪い魔法《まほう》だと思えば、腹《はら》もたたないよ。それに怒《おこ》ってもつかれるだけで、つまんないし」

「えらい。さすがあたしが大好《だいす》きなナナちゃんだ！　最初《さいしょ》っから、こうやってふたりで話せばよかったね」

「ほんとうだね。ごかいしないで、すんだのにね」

七海《ななみ》は、昨日《きのう》、渡辺《わたなべ》さんがあやまりにきたことも伝《つた》えました。絶交番長《ぜっこうばんちょう》って最初《さいしょ》に書いたのも渡辺《わたなべ》さんだったってことも。

「やっぱり……」

こずえは、あまりおどろきませんでした。渡辺《わたなべ》さんが、「ミライ☆キッズ」のチケットのことや、おとうさんがテレビ局でどんな仕事をしてるのかってことばかり、聞いてきたからです。

「あたし、勇気《ゆうき》をだして、渡辺《わたなべ》さんにいうね。もう、うそをついたりしないでほしいって」

「ありがとう。わたしも、もんく、いっちゃおうかな。傷《きず》ついたんだから」

七海《ななみ》がほほをふくらますと、こずえは、目がなくなるほどクスクスと笑《わら》いました。

「気持ち、わかるよ。けど、なにより大事なことは、あたしたちが前よりもなかよくすること。絶対《ぜったい》、うわさやいじわるに負けないこと」

こずえはあくしゅといって、七海《ななみ》のほうに手をさしだしました。おどろいてちょっとてれたけど、七海《ななみ》はその手をぎゅっとにぎりました。

ワンワン、ワンワン

ロンがまちきれなくて、さわぎだします。

「ごめんごめん。おさんぽだね」

そのまま、七海《ななみ》もロンのさんぽにつきあうことにしました。


こうして七海《ななみ》とこずえは、ぶじになかなおりできました。

月曜日、七海《ななみ》は明るい顔で、走って学校に行きました。タモツが話しておいてくれたせいか、クラスのみんなは、やさしく七海《ななみ》をむかえてくれました。絶交番長《ぜっこうばんちょう》とうわさをひろめた人たちも反省《はんせい》しているようです。

渡辺《わたなべ》さんは、もういちど、あやまってくれました。ダンスのチームもやめると決めたそうです。別《べつ》のダンス教室にうつるとか。

それがいいと、七海《ななみ》もこずえもすすめました。こわい先輩《せんぱい》に命令されたり、ビクビクしながらダンスをしたって、つまりません。

「そうだね。決心がついたよ」

渡辺《わたなべ》さんからはればれとした笑顔《えがお》がもれました。ずっとダンスの先輩《せんぱい》たちのことでなやんでいたけど、両親は夜遅《よるおそ》くまで忙《いそが》しく、相談できなかったとか。

こんなふうに正直にいわれると、七海《ななみ》の中にあった渡辺《わたなべ》さんをせめる気持ちも、小さくなっていきました。

七海《ななみ》も学校での元気をとりもどし、絶交番長《ぜっこうばんちょう》のうわさもおさまっていきました。

そして、まちにまった夏休みがはじまったのです。

15 夏の終わりの落語祭り

この年の夏休みは、猛暑日《もうしょび》がつづきました。

心配していたおじいちゃんの手術《しゅじゅつ》は成功し、お盆《ぼん》より前に退院《たいいん》して、七海《ななみ》の家にやってきました。しばらく安静《あんせい》が必要《ひつよう》だからいっしょにくらすことになったのです。おじいちゃんの世話もあって、ママは大忙《おおいそが》し。夏休みだからって家族でどこかにでかけることもできません。

そのかわり、七海《ななみ》は、こずえとたくさん遊びました。プールに行ったり、こずえの家の庭で花火をしたり、お泊《と》まりをしたりもしました。

七海《ななみ》の家にもきてもらいました。こずえは、クマハチをひと目で気にいり、さわり心地がいいと、くるたびにだきあげます。

そうなると、七海《ななみ》はクマハチに大福《だいふく》の幽霊《ゆうれい》がついていることを、だまっているのがつらくなってきました。ふたりでクマハチと遊んでいるのに、かくしているのはうしろめたい気がします。それに、大福《だいふく》のおもしろいダジャレやたい焼《や》き好《ず》きのことなど、こずえにもおしえて、いっしょに笑《わら》いたくてしかたありません。

「お願い。大福《だいふく》。こずえにだけ、話させて」

七海《ななみ》は手をあわせて、まいばん、熱心《ねっしん》にたのみました。はじめ大福《だいふく》は「ぜってぇだめ」といっていました。秘密《ひみつ》っていいながら、うわさはひろまるものだからと。ただ、つきあっているうちに、こずえが軽がるしく秘密《ひみつ》をもらすタイプではないとわかり、とくべつにOK《オーケー》してくれました。

「こずえだけだぞ。これ以上《いじょう》、ひろまるのはぜってぇいやだからな」

「うん。こずえにも口止めしておく。信《しん》じて。お願い」

こうして、うちあけたのですが、こずえは予想していたよりも驚《おどろ》きませんでした。

「なんかへんだと思ってたのよね」

七海《ななみ》がクマハチを人間のようにあつかうので、うすうすおかしいと思っていたみたい。けど、大福《だいふく》と夏葉《なつは》さんとの恋愛《れんあい》や、その後《ご》、渡辺《わたなべ》さんに話しかけておびえさせたことなどを話すと、すごく感心しておもしろがりました。

「信《しん》じられない。まるでファンタジー小説《しょうせつ》みたいな展開《てんかい》ね。夏葉《なつは》さんって人にも会っ

てみたい」

ということで、こずえも夏葉《なつは》さんがでる「夏の終わりの落語祭り」にいっしょに行くことになりました。チケットがまだあまっていて手に入ったのです。こずえは初《はじ》めて落語を聞くので、すごく楽しみだとうれしそう。

まだまだ暑い夏の終わり、ふたりで浴衣《ゆかた》を着て、おしゃれをしてでかけようと指切りをして約束しました。

そして「夏の終わりの落語祭り」当日。

退院《たいいん》したばかりのおじいちゃんは、あまり動いてはいけないため、パパが会場まで車で送るといってくれました。これはラッキーです。車ならクマハチをつれて行くことができますし、なれない浴衣《ゆかた》で長い時間、歩かないですみます。

大きなバスケットにクマハチを入れてタオルでかくして、七海《ななみ》とこずえでかくしながら落語会にでかけました。

こずえは、朝顔の浴衣《ゆかた》。七海《ななみ》は金魚の浴衣《ゆかた》。おそろいのリボンを頭につけておめかしです。

「ほほう。かわいい。まごにもいしょうだね」

「じいさん、うまい。孫《まご》と馬子《まご》をかけたな」

おじいちゃんと大福《だいふく》はそんなことをいいあって、写真をたくさんとってくれました。会場は、最近《さいきん》となり街《まち》にできた虹《にじ》のホール。目だつ看板《かんばん》に「夏の終わりの落語祭り」と書かれています。

チケットを切ってもらうとき、クマハチが見つかって怒《おこ》られないか、ドキドキです。でも、七海《ななみ》とこずえの浴衣《ゆかた》のそででじょうずにかくしたので、なんとかうまく通りぬけることができました。

クマハチがあばれるとこまるので、会場横の出口に近いはしっこの席にすわりました。

この日の落語は四席あります。夏葉《なつは》さんの出番は二席目。そのあと、中入り（休《きゅう》憩《けい》）になり、そのあとに二席とつづくプログラムです。

開演《かいえん》をまつあいだ、バスケットの中でクマハチは落ちつかなく、ずっともぞもぞ。

「ナツのやつ、こんなでっけぇ会場で、でぇじょうぶかな。あいつ、気は強いくせに、ここぞというとき、あがり症《しょう》なもんで……」

「しっ、静《しず》かにして。見つかるよ」

「わかってるよ。でも、おれの半分はねこ。昨日《きのう》からノミがいてな。それが腹《はら》のあたりであばれてるのよ」

「やだ。うつさないでよ」

「それは、ノミのほうにいってくれよ」

そんな調子。あばれられたらこまるので、七海《ななみ》とこずえでかわりばんこに、クマハチのお腹《なか》をかいてやりました。そのおかげか、なんとかねこがいることは気づかれずに、夏葉《なつは》さんの出番までこぎつけました。

夏葉《なつは》さんは、うすいグリーンの無地《むじ》の着物を着て舞台《ぶたい》にあらわれました。

「うわっ、きれいな人。七海《ななみ》のいうとおりだね」

こずえも、身をのりだすようにして拍手《はくしゅ》しています。

会場が暗くなったので、おじいちゃんはそっとクマハチをひざにだきあげました。大福《だいふく》にも夏葉《なつは》さんを見せてあげたいからです。

夏葉《なつは》さんはおじぎをして、会場を見つめました。顔がちょっとこわばっています。なかなか声をだしません。

「ナツ、しっかりしろ」

大福《だいふく》が、声をかけます。舞台《ぶたい》には聞こえないようなささやくような声。なのに不思《ふし》議《ぎ》です。それがどいたかのようなタイミングで、夏葉《なつは》さんは、はりのあるよくとおる声で話しだしました。

「えええーっ、夏休みの最後《さいご》の日曜日、残暑《ざんしょ》の中、たくさんのお運びありがとうございます。夏といえば、幽霊話《ゆうれいばなし》がつきもの。映画《えいが》もホラーが多く上映《じょうえい》されますし、各地《かくち》の遊園地では、おばけ屋敷《やしき》が人気をはくしているようでございます。

ところで会場のお客さんの中で、どなたか、本物の幽霊《ゆうれい》にあったことがあるというかた、いらっしゃいますか?」

夏葉《なつは》さんは、細い首を長くのばし、会場をぐるりと見まわしました。いたら手をふってくださいと、自分の片手《かたて》まであげています。

「いらっしゃらないようですね。それは、残念《ざんねん》でございます。まあ、『幽霊《ゆうれい》の正体《しょうたい》見たり、枯《か》れ尾花《おばな》』。昔から、そうもうしましたそうで、幽霊《ゆうれい》かと思ったら、枯《か》れたススキだったというその言葉のとおり、幽霊《ゆうれい》なんてものは、いないのかもしれません。しかし、ときには、幽霊《ゆうれい》でもいいからもういちど、会いたいって思うこともあります。実はわたしも、会いたい人がいましてね。

一年前、事故《じこ》にあって、命をおとしてしまった先輩《せんぱい》落語家です。

ここだけの話ですがね。生きているときからちょっとまぬけな先輩《せんぱい》でした。聞きまちがえいいまちがえなど、しょっちゅう。ふつう、女の人に告白《こくはく》するときは『つきあってください』といいますよね。この先輩《せんぱい》は、緊張《きんちょう》しすぎたせいですかね。『つきぬけてください』といったんですよ。いったい、どこにつきぬけるっていうんですかね」

これには、大笑《おおわら》いがおきました。こずえも口をおさえて笑《わら》っています。

「ナツのやつ、おれの失敗《しっぱい》、ネタにしてやがる。なかなか、やるじゃないか」

大福《だいふく》がつぶやきました。

夏葉《なつは》さんは、そこですするりと羽織《はおり》をぬぎました。「まくら」というでだしの世間話《せけんばなし》が終わって、ここから本題の落語です。

《道具やさん、道具やさん。これ、この値段《ねだん》、まちがってない?》

いきおいのいい熊《くま》さんのセリフで、落語ははじまりました。

語り口だけ現代的《げんだいてき》にわかりやすくアレンジした『へっつい幽霊《ゆうれい》』は、テンポがよくて、聞きやすくて、七海《ななみ》もぐいぐいひきこまれていきます。

道具屋さんで買ったへっついいから、幽霊《ゆうれい》があらわれるところがこの話の山場《やまば》。夏葉《なつは》

さんも、ざぶとんの上で体を右にしたり左にしたり、また、のけぞるようにしたりと大熱演《だいねつえん》。

《な、なんだよ。おまえ。いきなり》

《なんだよって、見ればわかるだろ？　うらめしや〜〜。幽霊《ゆうれい》だよ》

《はあ？　どこに、アロハシャツに短パン、ビーチサンダルって、そんな身なりの幽《ゆう》霊《れい》がいるんだよ。大福《だいふく》もちみたいなふっくらした顔をしやがって、このっ！》

《失礼《しつれい》なやつだな。幽霊《ゆうれい》がやせてなきゃいけないって法律《ほうりつ》でもあるのかよ》

《ないよ、ないけどな。そんなにふっくらしてると、幽霊《ゆうれい》って感じがしないんだよ。ぜんぜん、こわくないぜ》

《おれがこわくない？　幽霊《ゆうれい》なのに？　調子くるうな》

夏葉《なつは》さんは、まゆをぎゅっとよせると、右手で耳のうしろをボリボリっとかくしぐさをしました。

「これって！」

七海《ななみ》は思わず、おじいちゃんの腕《うで》をつかみました。おじいちゃんも「うん」とうなずきます。これは大福《だいふく》のくせ。こまったときやてれたときに、大福《だいふく》は耳のうしろをしきりにかきます。夏葉《なつは》さんは大福《だいふく》のことを幽霊《ゆうれい》に見たてて演《えん》じているのです。

大福《だいふく》に見たてた幽霊《ゆうれい》と熊《くま》さんとのとぼけた会話がおもしろく、会場には、なんども笑《わら》い声《ごえ》がひろがりました。

七海《ななみ》も笑《わら》いました。思いっきり笑《わら》いながら、涙《なみだ》がこぼれそうになりました。となりのこずえもハンカチで目をおさえています。

おじいちゃんも、そのひざの上の大福《だいふく》も、身じろぎもせず聞きいってます。

とうとうラストの場面です。

《いや、それはいかん。たのむ。もういちどだけ。かけをさせておくれ。こちとらアロハシャツを着ていても幽霊《ゆうれい》。絶対《ぜったい》に、アシだけは、だしません》

幽霊《ゆうれい》だから、アシ（ここでは借金《しゃっきん》にかけている）はださないというオチをいって、夏葉《なつは》さんは、ふかぶかと頭をさげました。

会場からは、あたたかな拍手《はくしゅ》がたくさんおきました。

七海《ななみ》もこずえも、めいっぱい拍手《はくしゅ》しました。夏葉《なつは》さんの大福《だいふく》を思う気持ちが、七海《ななみ》の心にじんわりひろがって涙《なみだ》がほほをつたいます。

舞台《ぶたい》の幕《まく》が静《しず》かにおりてゆき、中入《なかい》り十五分の休憩《きゅうけい》とアナウンスが入りました。

おじいちゃんは、肩《かた》をさげ、ふうっと、長く息をはきました。

「すげえよ。ナツのやつ、やりやがった。ひと皮、いや、ふた皮くらいむけたかな。どれほど練習したんだろうなぁ」

大福《だいふく》がうめくようにいいました。そして、うしろ足で、耳のうしろをかきます。夏《なっ》葉《は》さんがまねした例のしぐさです。

「これを聞けてよかったぜ。おれもみごとに幽霊《ゆうれい》にされちまったがな。ふっ、もう満《まん》足《ぞく》だな……」

しみじみというと、とつぜんクマハチの体がぶるぶると、ふるえだしました。七海《ななみ》は、はっとしました。なぜか、悪い予感がします。

「大福《だいふく》？　どうしたの？　だいじょうぶ？　あ、あれっ」

白いけむりのようなかたまりが、クマハチの体からすうっとあがっていきます。

「大福《だいふく》、大福《だいふく》、だいじょうぶ……」

いっしゅんぐったりしたクマハチですが、とつぜん、すくっと顔をもちあげました。さっきとふんいきがちがいます。クマハチは毛をさかだて、にゃーとないて、こっちをにらみます。

「わあっ」

「だめ」

「動くな」

七海《ななみ》とこずえだけではたりず、おじいちゃんもだきかかえるようにして、ひっしにクマハチをおさえました。

「もしかして、クマハチ、ただのねこになってる？」

「そのようだ。大福《だいふく》のやろう、満足《まんぞく》して成仏《じょうぶつ》しやがったようだな」

「これじゃ、あばれだすよ」

「それってたいへんじゃない？」

「まずいよ。まずい」

こずえと七海《ななみ》はおろおろ。

「しかたない。とちゅうで退席《たいせき》するのはもったいないが、会場をでよう。他《ほか》の客に迷惑《めいわく》はかけられないからな」

おじいちゃんが決断《けつだん》しました。七海《ななみ》とこずえで、バスケットの中であばれだそうとするクマハチをおさえながら、会場をあとにしました。

「夏葉《なつは》さんの落語がよすぎたせいで、大福《だいふく》のやつ、感動しちまって満足《まんぞく》したんだな」

「熱演《ねつえん》だったよね。お客さんも、聞きいってたもの。けどさ、なにもこのタイミングで成仏《じょうぶつ》しないでもいいのに……。楽屋《がくや》に行って、夏葉《なつは》さんに会えるチャンスだってあったのにさ」

「なんにしても、まがぬけたやつだ」

おじいちゃんは空を見あげて、しばらく手を合わせました。七海《ななみ》もクマハチをだきあげてなだめながら、空を見あげました。

わたあめみたいなふわふわの雲がひとつ、ぽっかりうかんでいました。なんだか、丸くなったクマハチのすがたににているような気がします。

「しかたないよね。いつかは成仏《じょうぶつ》しなきゃいけないんだもの」

「うん。でも、まだまだ遊びたかったたよ。落語も聞きたかった」

「あいつ、根っからのおっちょこちょいだからな。まいごにならず、うまく成仏《じょうぶつ》できればいいけどなぁ」

おじいちゃんはしんみりいうと、ケータイを出し、パパにむかえにくるようにたのみました。

16 成仏《じょうぶつ》したはずが

こうして、クマハチにとりついていた幽霊《ゆうれい》の大福《だいふく》は、あの白いけむりとともに、天国に行ってしまった、はずでした。

しかしその夜、七海《ななみ》がベッドに入ろうとしたとき、丸くなってねていたクマハチがぴくぴくとへんな動きかたをしたのです。

「どうしたの？　クマハチ」

見えない糸でひっぱられるかのように、さらに大きく体がゆれます。

こわくなった七海《ななみ》は、クマハチをかかえて、おじいちゃんの部屋につれて行きました。

「おじいちゃん、クマハチのようすがへんだよ」

「どれどれ。落語会につれて行ったたから、つかれたかな」

おじいちゃんがクマハチをかかえあげた、そのときです。

「ぷは――っ。なんだよ。こんちきしょう。話がわからねぇやつばかり」

クマハチから、さけび声が聞こえました。

七海《ななみ》とおじいちゃんは、うわっとのけぞりました。大福《だいふく》です。クマハチから大福《だいふく》の声がしています。

「あーあー、腹《はら》がたつ。もう、どいつもこいつも、わからんちんばかりだ。聞いてくれよ。じいさん、七海《ななみ》」

クマハチが体をゆらすと、いつものまねきねこずわりになりました。大福《だいふく》がいるときよくしていたすわりかたです。

「ど、どうしたのよ。成仏《じょうぶつ》したんじゃなかったの？」

「そうじゃ。なぜ、もどってきた？」

「そのはずだったさ。おれ、三途《さんず》の川《かわ》ってところの渡《わた》し船《ぶね》の乗り場にならんだのよ。長い列だった。やっとおれの番になったときにな、渡《わた》しの番をしてる鬼《おに》のじいさんが、『おまえの名前は？』って聞きやがるの。だから、おれ、『如月亭大福《きさらぎていだいふく》』って名のったんだ」

うんうんと、七海《ななみ》はうなずきました。

「そしたら、鬼《おに》のじいさん。帳面みてぇのをペラペラとめくってさ。そんな名前、名簿《めいぼ》にないって怒《おこ》るんだ。渡《わた》し船《ぶね》には乗せられない、帰れってさ。死んでもないやつをつれて行けねぇってな」

「あらら」

七海《ななみ》は口をぽかーん。

「これでも、おれ、ねばったんだぜ。一年前の七月七日たなばたの日に交通事故《こうつうじこ》でなくなってる、まちがいないってなんども伝《つた》えたんだ。しかし、鬼《おに》のじいさん、がんこでさ。名簿《めいぼ》にないの一点ばり。渡《わた》し船《ぶね》は、席はのこってるんだ。空いてるんだ。でも、だめだっていう。お役所っていうのは、なんでこう、ゆうづうがきかないのかね。現世《げんせ》もあの世も同じだな」

七海《ななみ》とおじいちゃんは、しばらくあっけにとられて、かたまっていましたが、同時にぷっとふきだして、たがいに顔を見あわせました。

おじいちゃんが心配したとおり、大福《だいふく》はうまく成仏《じょうぶつ》できないで、もどってきたのです。おじいちゃんは身をのりだしました。

「ところでおまえ、『如月亭大福《きさらぎていだいふく》』って名のったのか？」

「そうだよ。おれの名前だろ？」

「ばかだな。それ、本名じゃないだろ？　落語家としての芸名《げいめい》だろ」

「あ――っ」

クマハチが、耳とヒゲとまん丸いしっぽをいっぺんにぴーんとさせました。それから、くたっとタタミにつっぷします。

「そっか。おれ、名前、まちがえちまったのか。で、おれの本名って、なんなんだっけ？」

「はあ？　自分の名前、わすれたのか？」

「う、うん。幽霊《ゆうれい》になって長いから、なんだか前のこと、思いだせないこともあるんだよ。ええと、ええと、たしか、『た』がついたな。タツオ？　タケシ？　ちがうな。

タニシ、タケトンボ。ますます、ちがう」

クマハチは首を左右にふり、最後《さいご》には、また、足をのばして耳のうしろをかきはじめました。

「夏葉《なつは》さんに聞く？　夏葉《なつは》さんなら、しってるはずだよ」

「やめろ。そんな恥《は》ずかしいことできるか」

「でも、そしたら、成仏《じょうぶつ》できないじゃない」

「ええい。めんどくせ——。思いだすまで、ここにいてやることにするわ。ねこの生活も悪くないし」

「やった——っ」

これには、七海《ななみ》もおじいちゃんも大よろこび。ふたりでひっしとだきあいました。

「おじいちゃん、これって、なんだか落語みたいじゃない？」

「ほんとだ！　自分の名前をわすれて成仏《じょうぶつ》できないなんて、落語の主人公そのままだ。まあ、こうなったら、ゆっくりしてけ。好《す》きなだけ落語を演《えん》じて、わしを笑《わら》わせておくれ」

おじいちゃんは、クマハチをひざにひきよせると、かわいくてしかたないというふうに、でぶっとしたお腹《なか》に自分の顔をうずめます。

「よかった。よかった。なっ、七海《ななみ》」

「うん。うれしすぎて、泣《な》けちゃうよ」

七海《ななみ》は、あふれてきた涙《なみだ》をタオルでふきました。


こういうわけで、大福《だいふく》はまたクマハチの中にもどってきました。こずえにしらせると、こずえも大よろこびして、「あんこ堂《どう》」のたい焼《や》きを山盛《やまも》り買ってきました。大《だい》福《ふく》は目をかがやかせ、とびつきます。

「ねこの胃袋《いぶくろ》って、小せぇなぁ」

大福《だいふく》は、思ったほど食べられなかったことを、しきりにくやしがりました。そして、のこったたい焼《や》きを、ラップして冷凍《れいとう》しろと七海《ななみ》にいいます。ねこのくせに自分で電子レンジで解凍《かいとう》して、少しずつ楽しんで食べるというのです。

「だいじょうぶ？　ほんとうにできるの？」

「あたりめえよ。ママさんの目をぬすんで、チンすればいいだけだろ。そういうことはとくいだから、まかせておけ」

そういって食べるのを楽しみにしていたのに、大福《だいふく》より早く、ママに見つかって食べられてしまったのです。

「ちきしょう。こうなったら、ママさんのケーキをいつか食べてやる」

大福《だいふく》は歯ぎしりしてくやしがり、ママのまわりをうろついています。食《く》い物《もの》のうらみは恐《おそ》ろしいってほんとうみたい。

あとでこの話をすると、こずえは笑《わら》いころげました。

「ふふふ。ナナちゃんの家、なんかおもしろい。ほら、あれみたい。あれよ」

「なによ、あれって？」

七海《ななみ》が聞きかえすと、こずえにかわって、大福《だいふく》がこたえました。

「もしかして、落語みてぇだって、いいてぇんじゃねぇか？」

「そうそう。落語。それにでてくる長屋《ながや》みたい。にぎやかで、ばたばたしていて」

「それ、ほめてるの？」

七海《ななみ》は、まゆをよせました。長屋《ながや》みたいって、貧乏《びんぼう》だっていわれているような気にもなります。けど、こずえはおおまじめ。

「ほめてるのよ。ここに引《ひ》っ越《こ》してきたいくらい」

こずえは、にっこり。本気で七海《ななみ》の古い家を気にいってるようです。

「うれしいね。落語っぽいっていうのは、おれにとっては、これ以上ないってくらいうれしいセリフだ。こずえは落語の粋《いき》がわかっているな。みどころがあるぞ」

大福《だいふく》はひとり満足《まんぞく》そうに、耳のうしろを足で思いっきりかきます。もうすっかり見なれたいつものしぐさ。

「ふふふ。この調子じゃ、とうぶん、成仏《じょうぶつ》しそうにないね」

「よかったじゃん。だって、まだまだいてほしいもの」

「そうだね。こんなにデブデブだけど、いちおう、わたしたちをなかなおりさせてくれた恩人《おんじん》だもん」

七海《ななみ》はクマハチをくすぐりながら、にっこりしました。


そして、夏休みが終わり、二学期になりました。九月に入ってからの学校は、あんなつらい思いをしたことがうそのように、楽しくすごせています。みんなうわさをひろめるのも早いけど、わすれるのも早いみたい。

渡辺《わたなべ》さんも夏休みからダンススクールをかえて、新しい友だちをつくり、明るくなってがんばっています。タモツはあいかわらず、サッカーにむちゅうで、レギュラーになれたといっそうはりきってかけまわり、日焼《ひや》けにみがきをかけてます。

そして、七海《ななみ》は運動会のリレーの選手《せんしゅ》にえらばれました。こずえといっしょにロンのおさんぽをしながら、公園を走って練習しています。

「大福《だいふく》も少しは走ったら？　やせられるよ」

そういってさそうけど、大福《だいふく》はいやがってひるねばかり。

風のとおる縁側《えんがわ》でくたっとねころんで、おじいちゃんの部屋からながれてくる落語を聞いています。ときおり耳をぴくぴくさせ、笑《わら》いどころでくっくっと声をもらすがたは満足《まんぞく》そう。

いつしか、『落語ねこ』とよばれるようになりました。

おあとがよろしいようで

クマハチ

作　赤羽じゅんこ（あかはね じゅんこ）

東京都出身。『おとなりは魔女』（文研出版）でデビュー。『がむしゃら落語』（福音館書店）で第61回産経児童出版文化賞ニッポン放送賞を受賞。『わらいボール』（あかね書房）、『犬をかうまえに』（文研出版）、『カレー男がやってきた!』（講談社）、『夢は牛のお医者さん』（小学館）、『なみきビブリオバトル・ストーリー』（共著、さ・え・ら書房）など多数。日本児童文学者協会理事。

絵　大島妙子（おおしま たえこ）

東京都生まれ。主な作品に『たなかさんちのおひっこし』『いがぐり星人グリたろう』（共にあかね書房）、『ジローとぼく』（偕成社）、『わらっちゃった』（小学館）、『おかあさん おかあさん おかあさん…』（佼成出版社）、『孝行手首』（理論社）、『なくのかな』（文・内田麟太郎、童心社）、『オニのサラリーマン』（文・富安陽子、福音館書店）、『おんみょうじ 鬼のおっぺけぽー』（作・夢枕獏、講談社）など。

落語ねこ

2018年11月　初版第1刷発行
2019年 7 月　　　第2刷発行

作　者　赤羽じゅんこ
画　家　大島妙子
発行者　水谷泰三
発　行　株式会社文溪堂
〒112-8635　東京都文京区大塚3-16-12
TEL　03-5976-1515（営業）　03-5976-1511（編集）
ぶんけいホームページ　http://www.bunkei.co.jp
印　刷　株式会社廣済堂
製　本　株式会社若林製本工場

ISBN978-4-7999-0286-8 NDC913/159p/216×151mm